तमाशा मेरे आगे

निदा फ़ाज़ली

वाणी प्रकाशन

वाणी प्रकाशन
4695, 21-ए, दरियागंज, नयी दिल्ली 110 002
फ़ोन : +91 11 23273167 फ़ैक्स : +91 11 23275710

शाखाएँ

अशोक राजपथ, पटना 800 004, बिहार

कॉफ़ी हाउस कैम्पस, महात्मा गांधी मार्ग, इलाहाबाद 211 001, उत्तर प्रदेश

महात्मा गांधी अन्तरराष्ट्रीय हिन्दी विश्वविद्यालय, वर्धा 442 001, महाराष्ट्र

सुल्तानिया रोड, नजदीक पानी टंकी, मोतिया पार्क, भोपाल 462 001, मध्य प्रदेश

www.vaniprakashan.com
marketing@vaniprakashan.in
sales@vaniprakashan.in

TAMASHA MERE AAGE
by Nida Fazli

ISBN : 978-93-87024-82-3
Memoirs

संस्करण 2006, 2009
आवृत्ति 2020

मूल्य : ₹ 125

यश प्रिंटोग्राफ़िक्स, नोएडा-201 301 (उ.प्र.) में मुद्रित

वाणी प्रकाशन का लोगो मक़बूल फ़िदा हुसेन की कूची से

तमाशा मेरे आगे

मुम्बई में पेडर रोड में सोफिया कालेज़ के पास एक बिल्डिंग है, नाम है पुष्प विला, इस की तीसरी फ्लोर पर कई कमरों का एक फ्लेट है। इस फ्लेट में एक कमरा पिछले कई सालों से बन्द है। हर रोज़ सुबह सिर्फ सफाई और एक बड़ी-सी मुस्कुराते हुए नौजवान की तस्वीर के आगे अगरबत्ती जलाने के लिए थोड़ी देर को खुलता है और फिर बन्द हो जाता है। यह कमरा आज से कई वर्षों पहले की एक रात को जैसा था आज भी वैसा ही है। डबल बैड पर आड़े-तिरछे तकिये, सिमटी-सुकड़ी चादर, ड्रेसिंग मेज पर रखा चश्मा, हैंगर पर सूट, फर्श पर पड़े जूते, मेज पर बिखरी रेजगारी, इन्तिज़ार करता नाइट सूट, वक्त को नापते-नापते न जाने कब की बन्द घड़ी, ऐसा लगता है, जैसे कोई जल्दी लौटने के लिये अभी-अभी बाहर गया है, जाने वाला उस रात के बाद अपने कमरे का रास्ता भूल गया लेकिन उसका कमरा उसकी तस्वीर और बिखरी हुई चीजों के साथ, आज भी उसके इन्तिज़ार में है। इस कमरे मे रहने वाले का नाम विवेक सिंह था, और मृत को जीवित रखने वाले का नाम मशहूर ग़ज़ल सिंगर जगजीत सिंह है जो विवेक के पिता हैं। यह कमरा इन्सान और भगवान के बीच निरंतर लड़ाई का प्रतीकात्मक रूप है। भगवान बना कर मिटा रहा है, और इन्सान मिटे हुए को मुस्कुराती तस्वीर में, अगरबत्ती जलाकर, मुसलसल सांसें जगा रहा है। मौत और जिन्दगी की इसी लड़ाई का नाम इतिहास है। इतिहास दो तरह के होते हैं। एक वह जो राजाओं और बादशाहों के हार-जीत के किस्से दोहराता है और दूसरा वह जो उस आदमी के दुख-दर्द का साथ निभाता है जो हर युग में राजनीति का ईंधन बनाया जाता है, और जानबूझ कर भुलाया जाता है।

तारीख़ में महल भी हैं, हाकिम भी तख़्त भी
गुमनाम जो हुए है वो लश्कर तलाश कर

मैंने ऐसे ही 'गुमनामों' को नाम और चेहरे देने की कोशिश की है, मैंने अपने अतीत को वर्तमान में जिया है। और पुष्प विला की तीसरी मंजिल के हर कमरे की तरह अक़ीदत की अगरबत्तियाँ जलाकर 'तमाशा मेरे आगे' को रौशन किया है। फर्क सिर्फ इतना है, वहां एक तस्वीर थी और मेरे साथ बहुत सी यादों क़े गम शामिल हैं। बीते हुए का फिर से जीने में बहुत कुछ अपना भी दूसरों में शरीक हो जाता है, यह बीते हुए को याद करने वाले की मजबूरी भी है। समय गुज़र कर ठहर जाता है और उसे याद करने वाले लगातार बदलते जाते हैं, यह बदलाव उसी वक़्त थमता है जब वह स्वयं दूसरों की याद बन जाता है। इन्सान और भगवान के युद्ध में मेरी हिस्सेदारी इतनी ही है।

खुदा के हाथों में मत सौंप सारे कामों को
बदलते वक़्त पर कुछ अपना इख़्तियार भी रख-

इस किताब को लिखा है मैंने लेकिन लिखवाया है राजकुमार केसवानी ने जिसके लिये मैं उनका शुक्रगुजार हूँ।

फ्लाबियर ने अपने चर्चित उपन्यास मैडम बॉवेरी के प्रकाशन के बारे में कहा था... काश मेरे पास इतना पैसा होता कि सारी किताबें खरीद लेता और इसे फिर से लिखता... समय का अभाव नहीं होता तो मैं भी ऐसा ही करता। मेरा एक शेर है-

कोशिश के बावजूद यह उल्लास रह गया
हर काम में हमेशा कोई काम रह गया

– निदा फाज़ली

अनुक्रम

ज़िंदगी हिसाबों से जी नहीं जाती

एक थे फ़ज़ल ताबिश। आज से तीस-चालीस साल पहले का भोपाल आज जैसा भोपाल नहीं था। जगह-जगह मुशायरों की महफ़िलें सजाता था, शेर सुनाता था और दाद पाता था। जवान, अधेड़ और बुज़ुर्ग, वह एक साथ कई चेहरों में नज़र आता था। कहीं तो कच्चे दालानों में गाव-तकियों से पीठ टिकाए ग़ज़ल के इतिहास को दोहराता था, कहीं अधेड़ बनकर छोटे-बड़े चायख़ानों में ग़ज़ल और राजनीति के रिश्तों पर नई-नई बहसें जगाता था और कहीं नौजवानों जैसी नई शायरी सुनाता था और रात को देर तक पान की गिलौरियाँ चबाता था।

फ़ज़ल ताबिश उस भोपाल के नौजवान प्रतिनिधि थे। मुँह में होठों को लाल करता पान, उँगली पर चूने का चुटकी-भर निशान, पठानी आनबान और बात-बात पर गूँजते क़हक़हों की उड़ान उनकी पहचान थी। वह बहुत हँसते थे। अपने हमउम्रों में उनके पास सबसे ज़्यादा हँसी का भंडार था, जिसे वह जी खोलकर खर्च करते थे। किसी परिचित की परेशानियाँ या किसी अजनबी की हैरानी के अलावा हर घटना या विषय उनके लिए क़हक़हे का कारण था। उन दिनों उनका क़हक़हा ताज और दुष्यंत की ग़ज़ल, शेरी भोपाली की शेरवानी, कैफ़ भोपाली के फक्कड़पन की तरह भोपाल में मशहूर था। फ़र्क़ केवल इतना था, ताज, शेरी, कैफ़, और दुष्यंत भोपाल के बाहर भी जाने जाते थे और फ़ज़ल के क़हक़हे अभी सिर्फ तालाबों के इर्द-गिर्द

ही पहचाने जाते थे। लगातार हँसने ने फ़ज़ल के चेहरे की शादाबी में इज़ाफ़ा किया था। उनका एक शेर है—

न कर शुमार कि हर शै गिना नहीं जाती
ये ज़िंदगी है हिसाबों से जी नहीं जाती

मिर्ज़ा ग़ालिब ने बुढ़ापे में अपनी महबूबा के हुस्न को याद किया था, जिसके बारे में सबने उनके ख़तों के संग्रह में पढ़ा। फ़ज़ल ताबिश को मैंने आँखों से देखा था। उनके व्यक्तित्व में काबुल के सुर्ख़ सेबों की तरुणाई और वहाँ के बर्फ़पोश पहाड़ों की ऊँचाइयों का आकर्षण था। शादी से पहले वह बहुत-सी आँखों के सपने थे, लेकिन शादी के बाद सिर्फ ताहिरा ख़ाँ के अपने थे। ताहिरा ख़ाँ उनकी बेगम थीं। इस संबंध में उनका एक शेर है—

फिर हमने एक प्यार किया, फिर वही हुआ
वो दिलबर भी ताहिरा ख़ाँ से हार गया

बात-बात पर घड़ी-घड़ी हँसने वाले शायर फ़ज़ल ताबिश एक नाराज़ ज़ेहन के फ़नकार थे। उनकी नाराज़गी सियासत से थी, धार्मिक भेदभाव की लानत से थी, इंसान के हाथों इंसान की शहादत से थी, उनकी कविता नेकी और बदी की लड़ाई में क्रियात्मक साझेदारी की फ़नकारी थी। वह आधुनिक प्रगतिशील शायर थे। उनका संग्रह 'रोशनी किस जगह से काली है' 1944 में प्रकाशित हुआ था। उनका एक शेर, जिसकी एक पंक्ति उनके संग्रह का नाम है, उनके काव्य चरित्र का बयान भी है—

रेशा-रेशा उधेड़कर देखो
रोशनी किस जगह से काली है

फ़ज़ल का जन्म 15 अगस्त 1933 में हुआ। भोपाल के एक पुराने ख़ानदान के चिराग़ थे। घर का माहौल मज़हबी था और घर के बाहर वह कम्युनिस्ट थे। उन दिनों भोपाल के लोकप्रिय कम्युनिस्ट, कॉमरेड शाकिर अली ख़ाँ थे। वह पाँचों वक़्त खुदा के दरबार में

सिर झुकाते थे और नमाज़ों के बाद सामाजिक नाइंसाफ़ियों के ख़िलाफ़ सुर्ख़ परचम उठाते थे। फ़ज़ल ताबिश के स्वभाव का संतुलन भी इसी इलाक़ाई माहौल और भोपाली कम्युनिज़्म की देन था। वह मुसलमान थे, लेकिन उनकी मुसलमानियत में दूसरे धर्मों की इंसानियत की भी इज़्ज़त शामिल थी।

फ़ज़ल ताबिश के साथ शुरू में ज़िंदगी का सुलूक कुछ अच्छा नहीं रहा। अभी वह प्रारंभिक शिक्षा भी पूरी नहीं कर पाए थे कि अचानक सारा घर बोझ बनकर उनके कंधों पर आ गिरा। घर में सबसे बड़ा होने की सज़ा उन्होंने स्वीकार की और अपनी शिक्षा रोक कर एक कार्यालय में बाबूगिरी करने लगे। निरंतर 15 बरस घर की ज़िम्मेदारियों में ख़र्च होने के बाद जो थोड़ा-बहुत बचे थे, उससे उर्दू में एम.ए. किया और हमीदिया कॉलेज में लेक्चरर हो गए। ज़िंदगी की इस लंबी दौड़-धूप में साहित्य भी साथ-साथ चलता रहा। शायरी के अलावा उन्होंने कहानियाँ भी लिखीं, नाटक भी लिखे, उपन्यास भी रचे और मणि कौल और कुमार शहानी की फिल्मों में अभिनय भी किया।

उनकी आमदनी सिर्फ अपने लिए नहीं थी। उसमें बहुत-सों की भागीदारी थी। इसमें ताज भोपाली का नशा था, एक दोस्त की बेटी की पढ़ाई थी, रात में यार-दोस्तों की मेहमाननवाज़ी थी और पार्टी व सामाजिक सम्मेलनों के लिए चंदा भी था। उनका घर भोपाल के इक़बाल मैदान के सामने शीशमहल की ऊपरी मंज़िल में था। नवाबी दौर में यह इमारत कई पहरों की निगरानी में थी, जब से फ़ज़ल ताबिश का निवास बनी, शहर-भर के साहित्यकारों और पार्टी वर्करों की हुक्मरानी में थी। ताला-कुंडी से आज़ाद यह घर सबके लिए खुला था। फ़ज़ल घर में हों या न हों, ताहिरा ख़ाँ हों उनके दोस्तों में कोई भी किसी भी वक़्त भी इसमें जा सकता था, रसोई में खाना खा सकता था, चाय बना सकता था, खा-पीकर आराम फ़रमा सकता था और तरो-ताज़ा होकर वापस जा सकता था।

सहर फैला रही है अपने बाज़ू
मेरा साया सिमटता जा रहा है

फ़ज़ल ताबिश, शेरी, कैफ़, ताज, दुष्यंत के बाद की नई पीढ़ी के शायर थे। वह भोपाल की तहज़ीब, उसके मूल्यों का मेयार थे, यारों के यार थे, महफ़िल में बड़े मैख़्वार थे। उन्होंने अपनी ज़िंदगी का आख़िरी क़हक़हा अपने घर शीशमहल के एक बाहर वाले कमरे में अपने दोस्तों की संगत में लगाया था। उस रात वह इतना हँसे कि दूसरे दिन के लिए उनके पास हँसने को कोई और क़हक़हा नहीं बचा था। इसलिए वह हमेशा के लिए ख़ामोश हो गए।

सुनो हम दरख़्तों से फल तोड़ने के लिए
उनके लिए मातमी धुन बजाते नहीं
सुनो प्यार के क़हक़हों वाले मासूम लम्हों में हम
आँसुओं के दियों को जलाते नहीं

फ़ज़ल के साथ वह भोपाल हमेशा के लिए रुख़सत हो गया, जो विशेष तहज़ीब से जाना जाता था और अपनी शायरी, तालाब, और उदारता में पहचाना जाता था।

बर्बाद कर देती है राह मैकदे की

असद भोपाली का नाम तो बहुत सुना था। मगर बंबई में आने के बाद, उनसे पहली मुलाक़ात एक गोष्ठी में हुई। बांद्रा के लिंकिंग रोड पर एक पान की दुकान पर ऐसी गोष्ठियाँ हर शाम, हर रोज़ जुड़ती थीं। इनमें शरीक होने वाले, ज़्यादातर वह कवि/शायर होते थे, जो दिनभर संगीत निर्देशकों के घरों के चक्कर काटते थे और शाम होते ही यहाँ आकर एक-दूसरे से ग़म बाँटते थे। इनमें वह भी थे, जो गीतकार बनने के लिए स्ट्रगल कर रहे थे और वह भी, जो गीतकार बनकर बेकारी के दौर से गुज़र रहे थे।

कुछ साल पहले लिंकिंग रोड पर मौजूद टेलीफोन एक्सचेंज के सामने एक ईरानी होटल था, नाम था—फेअर डील। इसका मालिक चेहरे-मोहरे से ईरानी और बोलचाल से हिंदुस्तानी था। होटल के सामने एक चबूतरा था। इसके बाएँ कोने में बड़े तामझाम की शंभू महाराज की पान की दुकान थी। शंभू लखनऊ के क़रीब, गायिका बेगम अख़्तर के फ़ैजाबाद के थे। उस वक़्त यह क्षेत्र उन्हीं के नाम से जाना जाता था। बीजेपी के हाथों बाबरी मस्जिद के गिराए जाने में अभी कई सालों की देर थी। अब फ़ैज़ाबाद को बेगम अख़्तर की ग़ज़लों से कम पहचाना जाता है, शोर करते त्रिशूलों से अधिक जाना जाता है। शंभू को बंबई आए कई बरस हो गए थे, लेकिन उनके पहनावे, अदब-आदाब, ज़बान के लोच, गिलोरियों की बनावट और दुकान की सजावट में अवध की मिलीजुली तहज़ीब झाँकती नज़र आती

थी। वह शायरी के रसिया थे, लेकिन उनकी पसंद की शायरी वही थी, जो मुशायरों के मंच से पढ़ी जाती है और क़व्वालियों में सुनी जाती है।

शेर सुनाने के साथ उनका एक और भी शौक़ था। वह हर शाम किसी शेर का एक मिसरा (पंक्ति) सोचकर आते थे। इस एक पंक्ति पर वह खुद भी दूसरी पंक्ति चढ़ाते और दूसरों से भी मिसरे लगवाते थे। जब तक इस पंक्ति पर दूसरी पंक्ति चुस्त-दुरुस्त नहीं होती थी, वह निरंतर शायरों से कसरत करवाते थे। एक शाम का मिसरा था—**ज़माना बड़े चैन से सो रहा है,** एक साहब ने अपने अभ्यास का कमाल दिखाया और मिसरा लगाया—

ज़माना बड़े चैन से सो रहा है
जो होता था पहले वही हो रहा है

दूसरे ने यूँ गिरह लगाई—

ज़माना बड़े चैन से सो रहा है
जो तन्हा है, बेघर है, वह रो रहा है

पंक्ति पर पंक्ति लग रही थी। हर स्ट्रगल अनुभव को व्यक्त कर रहा था, मगर शंभू को पसंद नहीं आ रहा था। इतने में सबसे अलग खड़े बुज़ुर्ग के पानभरे मुँह से आवाज़ आई—

ज़माना बड़े चैन से सो रहा है!
तेरी.............हो रहा है

पंक्ति अश्लील थी, मगर शंभू जो पहले नकारात्मक गर्दन हिला रहा था, अब पसंद का क़हक़हा लगा रहा था। वह कह रहा था, वाह हुज़ूर जैसा मिसरा शायराना वैसी ही गिरह शायराना। यहीं पर गोष्ठी का अंत किया जाता है और सबके लिए चाय का प्रबंध किया जाता है। रोज़ की तरह हर गोष्ठी के आख़िरी जुमले शंभू महाराज के होते थे और बाद में चाय और पान उन्हीं की तरफ से होता था। बंबई बांद्रा के एक कोने में बसा गंगा-जमनी तहज़ीब का

फ़ैजाबाद, कई बरस हुए चिता बनकर जल चुका। उस चबूतरे और होटल की जगह अब जूतों की बड़ी दुकान में बदल चुकी है, मगर उसकी याद और शंभू का क़हक़हा आज भी ज़ेहन में महफ़ूज है। उस रात वाले मिसरे के शायर का नाम असद भोपाली था। असद साहब रहते कहीं और थे, लेकिन शाम होते ही वह बांद्रा में अलग-अलग ठिकानों पर नज़र आते थे। मलमल का कलफदार कुर्ता पहने, हाथ में चाँदी की डिबिया और डोरीदार भोपाली बटुए के साथ। जाँनिसार अख़्तर की तरह वह भी समय को हाथ घड़ी से नहीं बाँटते थे, लेकिन उसे इस तरह काटते थे कि तीन ठिकानों पर एक निश्चित समय पर नज़र आते थे। उनका पहला पड़ाव, बांद्रा स्टेशन के क़रीब लकी होटल के कॉर्नर पर एक इत्र की दुकान पर होता था। यहाँ पहले इत्र की काढ़ी लेते थे, फिर सड़क किनारे स्टूल पर बैठकर गीतों के मुखड़े सोचते। शाम की दूसरी मंज़िल शंभू महाराज की गोष्ठी होती थी। इसके बाद, खार की एक तंग गली में देशी शराब के अड्डे में दाख़िल होते थे। अदम का शेर है–

मैं मैकदे की राह से होकर गुज़र गया
वर्ना सफ़र हयात का काफ़ी तवील था

बंबई में कई कच्चे-पक्के इश्क़ों के साथ असद साहब की शराब नोशी भी काफ़ी मशहूर थी। उनकी यह शराब अक्सर संगीत निर्देशक के कमरों में भी उनके साथ जाती थी। खार में शराब के ग़ैर-कानूनी अड्डे का मालिक काले रंग का लंबा-चौड़ा गोवा का ईसाई था। पहले वह पुलिस का सिपाही बनकर अपराधियों से पब्लिक की हिफ़ाज़त करता था। अब ग़ैर-कानूनी शराब पिलाकर पीने वालों की ख़िदमत करता था। इस अड्डे में असद साहब की वजह से अच्छा-ख़ासा मजमा लगाता था। असद साहब अपनी उम्र और कई लोकप्रिय गीतों के कारण यहाँ आने वाले स्ट्रगलरों का आकर्षण थे। वह वहाँ उनके गीत भी सुनते और उनकी नोक-पलक भी दुरुस्त करते थे। अड्डे के मालिक ने असद साहब की मेज़ पर रोज़ के शोर को सुनकर एक काग़ज़ पर 'क़व्वाल इज़ नॉट एलाउ हियर' लिखकर दीवार पर

लगा दिया था, लेकिन असद साहब की अध्यक्षता में उनके मुरीद इस क़ानून को रोज़ तोड़ देते थे। असद साहब के शेर हैं–

जहाँ भी दिल ने कोई हमसफ़र तलाश किया,
जो मुझको ज़हर दे वह चारागर तलाश किया।
तमाम उम्र कहीं चैन से न बैठ सके,
तमाम उम्र तिरा संगे-दर[1] तलाश किया।

असद साहब चैन न मिलने की शिकायत तो करते हैं, मगर अपनी जीवनशैली का विश्लेषण नहीं करते थे। शेक्सपियर के पात्रों के पतन की तरह असद साहब के हालात भी उनकी अपनी कमज़ोरियों की देन थे। उनका जन्म 10 जुलाई 1921 में हुआ। अदबी शौक़ की शुरुआत, कॉलेज में बैतबाज़ी (अंताक्षरी) की उन प्रतियोगिताओं से हुई, जिनमें वह हिस्सा लेते थे। आवाज़ मीठी थी। वह इन मुक़ाबलों में दूसरों के शेर तरन्नुम से सुनाते और हर बार ट्राफी जीत कर लाते थे। बाद में उनकी मीठी आवाज़ ने उन्हें मुशायरे का सफल शायर बना दिया। चूड़ीदार पाजामा और पान की डिबिया के ढक्कन से बनाई हुई कुर्ते की आस्तीनों की चुन्नटों के साथ जब वह माइक के सामने कलाम सुनाते थे, तो श्रोता मस्त हो जाते थे। भोपाल में असद, शेरी और कैफ़ के बाद वह, उन शायरों में थे, जो मीठे गले से ग़ज़ल को सँवारते थे और मुशायरों के माहौल को निखारते थे। फिल्म इंडस्ट्री के बंद दरवाजों को भी उन्होंने इसी आवाज़ से खोला था।

लक्ष्मीकांत प्यारेलाल की धुन में 'हँसता हुआ नूरानी चेहरा' से अंतिम गीत 'कबूतर जा-जा', तक असद भोपाली ने उम्र के तक़रीबन चालीस साल खपाए थे और फिल्मों में गीतकारी के जादू जगाए थे। उनकी पहली फिल्म 'दुनिया' थी, जो फ़ज़ली ब्रदर्स बना रहे थे। इस फिल्म के दो गाने लिखकर, उस फिल्म के गीतकार और 'सुरीली बाँसुरी' के शायर आरजू लखनवी पाकिस्तान चले गए थे।

1. संगे-दर=चौखट

उनके बाद फ़ज़ली को नए गीतकार की तलाश थी। नए गीतकार के चयन के लिए भोपाल टाकीज़ के मालिक और उस समय के फिल्म वितरक सुगम चंद कापड़ा ने एक मुशायरे का आयोजन किया और यह शर्त रखी कि जो इसमें सबसे अधिक सफल होगा, वह 'दुनिया' के बाक़ी गीत लिखेगा। मुशायरा हुआ और अंताक्षरी की प्रतियोगिता की तरह, इस बार भी कामयाबी असद साहब के हाथ आई। उनकी ग़ज़ल और रागात्मक अदायगी को श्रोताओं ने पसंद किया और फिल्म निर्माता ने उनसे अनुबंध किया। बंबई ने उन्हें शोहरत भी दी और मुसीबत भी। उन्हें शोहरत मिली अच्छे गीतों के कारण और मुसीबत शराब से उनकी दिन-ब-दिन बढ़ती चाहत के कारण। उन्होंने .ख़ूब कमाया, लेकिन इस कमाई का बड़ा हिस्सा शराबो-शबाब पर लुटाया। उन्हीं का शेर है–

कभी देखते मुझे भी ब-अदाए महरबानी
तिरी इक नज़र के सदक़े, मेरी सारी ज़िंदगानी।

और वाक़ई उन्होंने अपने कैरियर को अपनी आदतों की भेंट चढ़ा दिया। उन्होंने बंबई में न अपना घर बनवाया, न दो पत्नियों के बच्चों को अच्छी तरह पढ़ाया-लिखाया। उनकी इन्हीं आदतों की वजह से संगीत निर्देशक उनसे कतराने लगे थे।

बाद में ऐसा भी ज़माना आया, जब वह भी एन. दत्ता की तरह दूसरों के सामने हाथ फैलाने लगे थे। उनके बारे में उन्हीं के एक मित्र अज़ीज़ अख़्तर ने लिखा है, फिल्मी दुनिया ने जहाँ उन्हें बुलंद मुक़ाम अता किया, वहाँ शराबो-शबाब उनकी ज़िंदगी के नासूर बन गए। उन्होंने उनके लिए कभी कोई मरहम तलाश नहीं किया। ज़िंदगी की तरह असद की शायरी भी बिखरी-बिखरी रही। उनके जीवन में उनका कोई संग्रह प्रकाशित नहीं हो सका। असद बीमार हो गए, तो स्वास्थ्य दुरुस्त करने के लिए वह बंबई से भोपाल गए थे। वह अपने गीत 'कबूतर जा-जा......' की कामयाबी के साथ फिर से संगीत निर्देशकों की नज़रों में आने लगे थे, लेकिन वक़्त ने इस बार उनका साथ नहीं दिया। 9 जून 1990 की शाम उनकी कामयाबियों

और नाकामियों वाली ज़िंदगी की आख़िरी शाम थी–

असद को तुम नहीं पहचानते ताज्जुब है,
उसे तो शहर का हर शख़्स जानता होगा।

उतना ही संगीत है जितनी उसमें आग

आर. डी. बर्मन अब भारतीय सिने-संगीत का इतिहास हैं। जब वह इतिहास रच रहे थे, उस समय की चंद गवाहियों में एक मैं भी हूँ। वह मशहूर संगीतकार एस. डी. बर्मन के इकलौते वारिस थे। अपनी इस विरासत को उन्होंने केवल अपनाया ही नहीं, इसमें अपनी ज़हानत का रंग भी मिलाया और देशी संगीत में विदेशी संगीत को इस तरह खपाया कि जब इनका काम सामने आया, उसने पूरे देश में अपनी मौलिकता का डंका बजाया। '1942 : ए लव स्टोरी' उनकी आख़िरी फिल्म थी, जो उनके अचानक देहांत के बाद 1994 में रिलीज हुई। इस फिल्म के संगीत और इसमें शामिल ख़ासतौर से एक गीत, 'एक लड़की को देखा तो ऐसा लगा' ने उन सारे निर्माता-निर्देशकों को चौंकाया भी और उनमें अपराध-बोध भी जगाया, जो 1980 के दौरान बॉक्स आफिस पर उनकी असफल फिल्मों को देखकर न सिर्फ उनसे किनारा करने लगे थे, उनके संगीत को भी समय के बदलते संदर्भ में नकारा समझने लगे थे।

फिल्म इंडस्ट्री में काम से अधिक नाम काम आता है और नाम फिल्मों की कामयाबी या नाकामयाबी के अनुसार कभी धुँधलाता है, कभी जगमगाता है। चित्र जब कामयाब होता है, तो उसका संगीत भी लाजवाब होता है और फिल्म नहीं चलती, तो अच्छा संगीत भी ख़राब होने लगता है। यह हक़ीकत है, असफल फिल्मों के दौर में भी 'सागर' (1995) और 'इजाज़त' (1987) में आर. डी. का संगीत,

उनकी पहली फिल्मों से किसी दृष्टि से कम नहीं था। लेकिन बाजार की जाँच-परख का अपना मेयार होता है, जिसकी दुकान जब तक चलती है, तब तक ही वह खरा दुकानदार होता है।

आर. डी. के ठप्प होने का कारण भी यही दुकानदारी का कल्चर था। उनका संगीत तो पहले जैसा ही था, लेकिन बाज़ार वैसा नहीं था। फिल्मों की मुसलसल नाकामियों ने, आर. डी. के नास्तिक मिज़ाज में भी थोड़ी-सी तब्दीली कर दी थी। वह मंदिर में घंटी बजाकर, पुजारी से माथे पर तिलक भी लगवाने लगे थे और जुमेरात को माहिम की दरगाह के लिए फूलों की चादर भी भिजवाने लगे थे। लेकिन उन कठिन दिनों में न मंदिर की मूर्ति ने उनका साथ निभाया, न दरगाह के बुजुर्ग ने मदद को हाथ बढ़ाया। अविभाजित पंजाब के मशहूर शायर पंडित हरिचंद अख़्तर का एक शेर है—

खुदा तो ख़ैर मुसलमाँ था उसका शिकवा क्या
मेरे लिए मेरे परमात्मा ने कुछ न किया

उस वक़्त खुदा और परमात्मा दोनों अपने-अपने कामों में व्यस्त रहे, कोई इनमें भप्पी लहरी के डिस्को फैशन को सफल बनाता रहा, कोई लक्ष्मीकांत-प्यारेलाल के नाम को चमकाता रहा। ख़ामोशी का यह लंबा पीरियड बोलते हुए पंचम दा के लिए भारी पड़ा। उनकी हेल्थ; जो रात को देर-देर तक महफिलें सजाती थी, दोस्तों के साथ रमी में वक़्त बिताती थी, जाम पे जाम छलकाती थी, आहिस्ता-आहिस्ता बुझने लगी। आर. डी. के जीवन में 1960-1980 का पीरियड उनके संगीत की नई ऊँचाइयों का पीरियड था। इसी कालखंड में, उनकी धुनों के नए साउंड और ऑर्केस्ट्रा ने गीत प्रेमियों को प्रभावित किया और इसी समय में ओ. पी. नैयर से ख़फ़ा होकर आशा भोसले (आशाजी ने पहले पति का सरनेम हमेशा अपने नाम में जोड़े रखा) उनके क़रीब हुई और यह निकटता बाद में शादी में तब्दील हो गई। पंचम की पहली पत्नी बंगाली थीं, लेकिन वह रिश्ता ज़्यादा दूर नहीं चल सका। आशाजी के साथ उनका संबंध पंचम के संगीत की ज़रूरत भी थी और जवान तन्हाई को बहकाने की हक़ीक़त भी।

आर. डी. ने अपने कैरियर की शुरुआत अपने पिता के सहायक के रूप में की। उस्ताद अली अकबर ख़ाँ से संगीत की ट्रेनिंग लेकर, पहले उन्होंने अपने पिता एस. डी. बर्मन को असिस्ट किया। 'ऐ मेरी टोपी पलट के' (फंटूश) और 'सर जो तेरा चकराए' (प्यासा) अपने पिता के साथ आर. डी. की कंपोज की हुई धुनें थीं। प्रसिद्ध हास्य अभिनेता महमूद को उनका ध्यान आया और उन्होंने अपनी फिल्म 'छोटे नवाब' में उन्हें पहला ब्रेक दिया। इसमें लता मंगेशकर की आवाज़ में 'घर आजा घिर आए' को बहुत पसंद किया गया। महमूद से जब पूछा गया कि आपने एक 'माउथ ऑर्गन बजाने वाले' को क्यों चांस दिया, तो उन्होंने रोती हुई सूरत बना कर कहा–'कैसे चांस नहीं देता। उसने मेरी महँगी मर्सिडीज़ को अपनी उँगलियों से ड्रम बजा-बजा कर इतना ख़राब कर दिया था कि उसकी मरम्मत के लिए मुझे गाड़ी को गैराज भेजना पड़ा। अगर चांस नहीं देता, तो गाड़ी ऐसी हो जाती कि सीधे कबाड़ख़ाने भेजी जाती। मैंने बचाया ज्यादा है, खर्च कम किया है।' दाग़ देहलवी शायद ऐसी ही किसी स्थिति से गुज़रे होंगे, जब उन्होंने लिखा था–

हाथ अपने दोनों निकले काम के
दिल को थामा, उसका दामन थाम के

महमूद और आर. डी. में अच्छी दोस्ती थी। 'छोटे नवाब' के बाद महमूद ने 'भूत बंगला' (1965) में भी आर. डी. को साइन किया। इस फिल्म में गाना 'आओ ट्विस्ट करें...' बहुत लोकप्रिय हुआ था। इसी फिल्म में उन्होंने पहली बार महमूद के साथ अपने अभिनय का भी परिचय दिया था, लेकिन बाद में संगीत तक अपने आप को सीमित कर लिया। उनके इस फैसले से फिल्म और संगीत दोनों का फायदा हुआ। राबर्ट फ्रॉस्ट की पंक्तियाँ हैं–'दो रास्ते साथ-साथ चल रहे थे। मैंने एक का चयन किया और इसी से सारा जीवन बदल गया।' आर. डी. एक्टिंग के लिए नहीं, संगीत के लिए बने थे। अच्छा हुआ, उन्होंने सुक़रात की सलाह 'अपने आपको पहचानो' को समय पर स्वीकार कर लिया। अगर ऐसा नहीं होता,

तो इंडस्ट्री 'कटी पतंग', 'प्यार का मौसम', 'अमर प्रेम', 'पड़ोसन' आदि फिल्मों के संगीत से वंचित रह जाती और यह बड़ा नुक़सान होता।

आर. डी. बर्मन से मेरी जान-पहचान सेम-सुगनू जेठवानी ने कराई थी। वह विदेश के बड़े बिजनेसमैन थे। उन्होंने एक साथ चार फिल्में एनाउंस की थीं। इनमें से दो 'हरजाई' और 'वापसी' में आर. डी. का म्यूजिक था। 'हरजाई' के डायरेक्टर रमेश बहल, हीरोइन टीना मुनीम और हीरो रणधीर कपूर थे। इस फिल्म में निर्माता जेठवानी ने मेरा नाम दिया था, मगर डायरेक्टर, मजरूह से गीत लिखवाना चाहते थे। मैं इस बीच आर. डी. के मकान पर उनसे मिलने गया और कहा, 'मैं बंबई में बहुत अरसे से हूँ और अभी तक बेघर हूँ। अगर यह फिल्म मुझे मिल जाए, तो थोड़ा सहारा मिलेगा।' आर. डी. ने कहा, 'घबराओ नहीं, 'हरजाई' तुम ही लिखोगे।' फिर पूछा, 'कहाँ रहते हो?' मैंने एक हॉस्टल का नाम लिया। उन्होंने अपने ड्राइवर को बुलाकर मुझे छोड़ने को कहा। ड्राइवर ने जब मुझे छोड़ा, तो उसने मुझे एक लिफ़ाफ़ा भी दिया। उसमें एक हज़ार के नोट थे। मेरा एक दोहा है—

इक पलड़े में प्यार रख दूजे में संसार
तोले से ही जानिए किस में कितना भार

इस फिल्म का एक गाना 'तेरे लिए पलकों की झालर बुनूँ' काफी लोकप्रिय हुआ था। आज भी यह लताजी के दस पसंदीदा गीतों में से एक है। 'हरजाई' के बाद मैंने पंचम के साथ कई फिल्में लिखीं। उनमें एक राज कपूर के बैनर की 'बीवी ओ बीवी' थी। इसके लिए आर. डी. ने ही मेरा नाम दिया था। 'बीवी ओ बीवी' के पहले गीत की फाइनल रिहर्सल चल रही थी, जो दूसरे दिन रिकॉर्ड होने वाला था। रिहर्सल के बीच में भेलपूरी खाते हुए राज कपूर साहब भी आ गए। उन्होंने गाना सुना, पसंद भी किया, फिर मुझे इशारे से अपने पास बुला कर पूछा, 'गीत में क्या लिखना है, इसके बारे में आपको किसने बताया?' मैंने रणधीर कपूर की तरफ इशारा

किया। उन्होंने कहा, 'यह तो ठीक है, लेकिन मैं भी इस संबंध में कुछ बताना चाहता हूँ। आपके पास टाइम हो, तो कल चेंबूर कॉटेज में आएँ।' आर. डी. ने मुझसे अलग से कहा, 'यह गाना तो गया। धुन तुझे याद है। अगर कल सवेरे तू चेंबूर पहुँचकर जैसा वो चाहते हैं, वैसा वहीं लिख देगा, तो गीत कल रिकॉर्ड होगा नहीं तो...।'

मैं सवेरा होते ही राज साहब के पास पहुँच गया। उन्होंने मुझे देखते ही अंग्रेजी में तीन लाइनें बोलीं, 'एक लड़की होती है, एक लड़का होता है। दोनों में प्यार हो जाता है।' मैंने उन्हीं के शब्दों को वहीं बैठकर धुन में पिरो दिया—'सदियों से दुनिया में, यही तो क़िस्सा है। एक ही तो लड़की है, एक ही तो लड़का है, जब भी ये मिल गए, प्यार हो गया....' राज कपूर को बोल पसंद आए और दूसरे दिन गाना रिकॉर्ड हो गया। आर. डी. सिर्फ संगीतकार ही नहीं, बहुत अच्छे इंसान भी थे। उनकी आवाज़ में 'महबूबा-महबूबा' गाना भी उनकी याद दिलाता है—

स से स तक सात सुर, सात सुरों में राग,
उतना ही संगीत है, जितनी तुझमें आग।

यहाँ बोल को नहीं मिलता मोल

यह भी अजीब इत्तिफ़ाक़ है, शहर या गाँव में जहाँ भी क़ब्रिस्तान होता है, उसके इर्द-गिर्द या आसपास ही श्मशान होता है। राजनीति भेद-भाव फैलाती है और मिट्टी उसे मिटाती है। हज़ारों साल से सियासत और कुदरत की यह जंग जारी है और शायद आइंदा भी जारी रहेगी। मुंबई में सांताक्रूज के शास्त्री नगर में क़ब्रिस्तान है। उसकी अगली गली में श्मशान है। एक तरफ साहिर लुधियावनी, जाँनिसार और राही मासूम रज़ा दफ़नाए गए। दूसरी तरफ़ कृश्न चंदर, राजिंदर सिंह बेदी और चेतन आनंद जलाए गए। मिट्टी जब तक चलती-फिरती है, अलग-अलग नामों से जानी जाती हे। जब थककर वापस मिट्टी बन जाती है, तो एक ही नाम से पहचानी जाती है—मिट्टी। हरिवंशराय बच्चन ने 'मधुशाला' में धर्म-जाति की राजनीति पर बहुत तीखा व्यंग्य किया है—

मुसलमान ओ हिंदू हैं दो, एक मगर उनका प्याला
एक मगर उनका मदिरालय, एक मगर उनकी हाला
दोनों रहते एक, न जब तक मंदिर-मस्जिद में जाते
बैर बढ़ाते मंदिर-मस्जिद, मेल कराती मधुशाला।

शास्त्री नगर के इस क़ब्रिस्तान में साहिर, जाँनिसार और राही के साथ, अपने युग की हसीन हीरोइन मुधबाला और ख़ूबसूरत आवाज़ के गायक मुहम्मद रफ़ी भी आराम कर रहे हैं। लेकिन दुनिया की

भागदौड़ से दूर इस आराम के स्थान में बाज़ार अपने तराजू-बाट लेकर घुस आया है। बाज़ार ने मधुबाला के चेहरे की क़ीमत ज्यादा लगाई और उसकी क़ब्र संगमरमर की बनाई। मुहम्मद रफ़ी की आवाज़ का भाव भी अच्छा लगाया, और उनकी क़ब्र को ग्रेनाइट से सजाया। साहिर, जाँनिसार और राही के पास न चेहरा था, न आवाज़। वे सिर्फ अल्फ़ाज़ थे और अल्फ़ाज़ की क़ीमत सबसे कम लगाई गई, इसीलिए उनको गहरी नींद से जगाकर उन्हीं के अंतिम घरों में दूसरों के लिए जगह बनाई गई। अब साहिर के साथ और भी कई दूसरे उनके तंग मकान में रहते हैं। जाँनिसार भी ग़ैरज़रूरी मेहमानों की मौजूदगी का अज़ाब सहते हैं और 'आधा गाँव' वाले राही भी बाज़ार के बहाव में इधर-उधर बहते हैं। शायद बाज़ार की इसी हठधर्मी को देखकर लेखिका इस्मत चुग़ताई और शायर नून मीम राशिद ने, अपनी वसीयत में खुद को दफ़नाने के बजाए, जलाए जाने की ख़्वाहिश की थी। ग़ालिब के समकालीन और आख़िरी मुग़ल ताजदार बहादुरशाह ज़फ़र के उस्ताद ज़ौक़ का एक मशहूर शेर है–

अब तो घबरा के यह कहते हैं कि मर जाएँगे,
मर के भी चैन न पाया तो किधर जाएँगे...

कहा जाता है ग़ालिब और ज़ौक़ की कभी पटती न थी, लेकिन इस शेर को सुनकर वह यह कहने पर मजबूर हो गए कि अगर ज़ौक़ का यह शेर मेरे खाते में आ जाए तो मैं अपना पूरा दीवान (संग्रह) उन्हें देने को तैयार हूँ। मगर ग़ालिब ख़ुशक़िस्मत थे, वह निज़ामुद्दीन स्थित अपनी क़ब्र में दो ढाई सौ सालों से अकेले गहरी नींद सो रहे हैं। शायद उनके ज़माने में अभिनय और आवाज़ की तुलना में अल्फ़ाज़ की क़ीमत आज के बाज़ार की तरह कम नहीं होगी। शब्दों का भाव आज के बाज़ार में इतना कम क्यों है यह मसला नैतिक कम है, राजनीतिक ज्यादा। बाज़ार ने क्रिकेट, अभिनय और आवाज़ को शिखर पर बिठा दिया है और शब्दों के महत्त्व को घटा दिया है। फिल्मों में शब्दकार बेकार की चीज़ समझा जाता है। मीडिया के निरंतर प्रहार ने शब्दों और व्याकरण को नष्ट कर दिया

है। जज़्बे का बहुवचन जज़्बात या जज़्बों हो सकता है, लेकिन धड़ल्ले से जज़्बात की जगह जज़्बातों इस्तेमाल होता है। एक लफ़्ज़ बावजूद है। बावजूद के अंदर 'भी' खुद शामिल है, मगर हर जगह बावजूद के साथ 'भी' जुड़ा मिलता है। ख़बर और क़ब्र में 'ख' और 'क' के नीचे बिंदी लगाने का रिवाज ख़त्म होता जा रहा है। मीडिया के साथ शब्दों को ख़राब करने में लीडरों का भी बड़ा हाथ है। इन्होंने शब्दों को उनके अर्थों से ही अलग कर दिया है। अब न दोस्ती में दोस्ती नज़र आती है, न मुहब्बत में मुहब्बत जगमगाती है और न देशभक्ति में सुभाष, अंबेडकर, भगत सिंह अशफ़ाकुल्लाह, राधकृष्णन और पंडित नेहरू की छवि झिलमिलाती है। संसद में भाषणों के बीच दोहे और शेर भी सुनाए जाते हैं, लेकिन ज्यादातर दोहे और शेर छंद से अलग करके दोहराए जाते हैं और उन्हीं ग़लत पंक्तियों पर दूसरे सांसद तालियाँ बजाते हैं। इनमें एक अमर सिंह हैं, जो राजनीति में कम फिल्मी फंक्शनों में ज्यादा नज़र आते हैं। जब भी वह शेर सुनाते हैं, पंक्तियों को मीटर से बाहर करके ही दोहराते हैं। मैंने पिछले दिनों फिल्म राइटर एसोसिएशन में कहा था, जिस तरह आप डिस्प्यूट कमेटी में गीतों की पंक्तियों की चोरियों पर फैसले सुनाते हैं फिल्मी कहानियों में दूसरों के लेखन के अपहरण पर सज़ा लगाते हैं, इसी तरह अपराधों की सूची में, हमारी सामूहिक विरासत भाषा के गलत इस्तेमाल को भी रखना चाहिए। मेरी बात को गंभीरता से लेने के बजाए, फिल्म लेखक संघ के सारे सदस्य एक साथ ठहाका मार कर हँस पड़े थे। उन हँसने वालों में अक्सर फिल्मों से जुड़े लेखक और कवि शायर शामिल थे। लेखक संघ ने जब इस अपराध को अपराध स्वीकार नहीं किया, तो फिर जैसा जिसका जी चाहा, उसने शब्द के साथ वैसा व्यवहार किया। फिल्मों में गीतकारों का चयन उनकी योग्यता के स्तर पर नहीं किया जाता, संगीत निर्देशक की पसंद या नापसंद से होता है। संगीतकार भाषा से अज्ञान होते हैं और जो लिखने के लिए बुलाए जाते हैं, उनमें से अक्सर, भाषा और उसके स्वभाव से अनजान होते हैं।

फिल्मों से बाहर की दुनिया में भी शायरों और कवियों का

यही हाल है। जो ग़ज़ल या गीत को अपने अनुभव की आग से जगमगाते हैं, वे जूतियाँ चटख़ाते हैं और जो अपनी आवाज़ में इन्हें गाते हैं, वे इन्हीं गीतों और ग़ज़लों के सहारे सारी दुनिया की सैर फ़रमाते हैं। शान से अपनी पब्लिसिटी करवाते हैं और बाज़ार से जो कमाते हैं, उससे बड़ी-बड़ी कोठियाँ बनाते हैं, क़ीमती शराबें चढ़ाते हैं, इंपोर्टेड कारें चलाते हैं। एक शायर मुझे अक्सर बांद्रा में एक ईरानी होटल के बाहर फुटपाथ पर, शंभू पान वाले की दुकान के पास खड़े नज़र आते थे। पहली मुलाक़ात में ख़ूबसूरत चेहरे के जवान इंसान थे। कुछ दिन बाद मिले, तो बिखरे-बिखरे परेशान थे। तीसरी बार कई महीनों के बाद नज़र आए, तो वह जानदार होते हुए बेजान थे; उनके शहर लखनऊ की शान थी न शरीर और आँखों में पहले जैसी पहचान थी। उस वक़्त वह अनूप जलोटा के लिए भजनों का एक कामयाब एलबम लिख चुके थे। उस एलबम से आवाज़ ने लाखों कमाए, लेकिन शब्दों ने उनकी बेवक़्त मृत्यु तक, फुटपाथ पर ही बिस्तर बिछाए, ज़रूरतों में आते-जाते लोगों के सामने हाथ फैलाए—

गीत बहुत सुंदर है लेकिन साच-साच कहना यार
पिछले हफ्ते बिन भोजन के सोए कितनी बार

पिछले दिनों अपनी कविताओं के एक एलबम के विमोचन में, जो जगजीत सिंह की आवाज़ में रिकॉर्ड किया गया, पूर्व प्रधानमंत्री अटल बिहारी वाजपेयी ने, शाहरुख़ ख़ान के हास्य-व्यंग्य के जवाब में कहा कि मैं तो कवि था, भूल से राजनीति में आ गया। इस जवाब पर टाइम्स ने संपादकीय में लिखा—कवि बनना आसान नहीं होता। पंडित नेहरू के ज़माने में इलाहबाद में एक कवि था। कई वर्षों से उसके सर पर आसमान की छत था और उसका नाम सूर्यकांत त्रिपाठी निराला था। निराला जी की लाइनें हैं—

दुख ही जीवन की कथा रही
क्या कहूँ आज जो नहीं कही

जगजीत सिंह और पंकज उधास विश्व-भर में आदर से सुने

जाने वाले ग़ज़ल गायकों में हैं। जगजीत सिंह ग़ज़ल गायन से लाखों कमाते हैं और रेस कोर्स में आज घोड़े दौड़ाते हैं। मशहूर नज़्म 'बात निकलेगी तो फिर दूर तलक जाएगी' के शायर कफ़ील आज़र, ग़रीबी में मज़ार बन कर दिल्ली के एक क़ब्रिस्तान में भूल-भटके परिचितों को रुलाते हैं। पंकज उधास जिनकी ग़ज़लें गा कर, मुंबई के सबसे पॉश इलाके में, कई कमरों के एक आलीशान बंगले में, कई चौकीदारों की सुरक्षा में क़िस्मत को आईना दिखाते हैं और–

दर्द की बारिश सही मद्धम ज़रा आहिस्ता चल
दिल की मिट्टी है अभी तक नम, ज़रा आहिस्ता चल

जैसी ग़ज़लें लिखने वाले मुमताज़ राशिद को माहिम दरगाह में एक कमरे के मकान से लोखंडवाला के डेढ़ कमरे वाले मकान तक आते-आते 35 साल लग जाते हैं। मेरा एक शेर है–

हरेक घर में दिया भी जले, अनाज भी हो
अगर न हो कहीं ऐसा तो एहतिजाज[1] भी हो।

1. एहतिजाज = विरोध

संसार के बाज़ार में सब हैं बिकाऊ

बढ़ती हुई आबादी ने संसार को एक बड़े बाज़ार में तब्दील कर दिया है। इस बाज़ार ने सदियों पुरानी आस्थाओं, विश्वासों और एहसासों पर प्रश्नचिह्न लगा दिए हैं। इसकी मोल-तोल की तराजू का दूर-दूर तक, कोई संबंध सामाजिक-नैतिक मूल्यों से नहीं होता। इसकी भाषा, रीति-रिवाज, नियम, कामकाज सब बाज़ारी होते हैं। आर्थिक नुकसान-फायदे के घेरों में घूमती यह नई संस्कृति आज जीवन के हर क्षेत्र में प्रवेश कर चुकी है राजनीति, धर्म साहित्य, रिश्ते-नाते, शिक्षा सब इसी शतरंज के छोटे-बड़े मोहरे हैं। एक ज़माने में, (सोवियत संघ के विघटन से पहले) अमेरिका की खुफिया एजेंसी सीआईए, इस तरह काम करती थी कि उससे जुड़े कार्यकर्ताओं को भी यह मालूम नहीं पड़ता था कि वे किसके लिए काम कर रहे हैं। यही हाल आज के समाज का है। यह बाज़ार कैसे-कैसे और कहाँ-कहाँ तक फैल चुका है, इसकी जानकारी न उनको है, जो इसके प्रभाव में हैं, न उनको, जो इसके फैलाव में सहायक हैं। इस बाज़ारी सभ्यता के निशान हर कहीं दिखाई देते हैं।

मेरा संबंध मध्य प्रदेश के एक छोटे नगर ग्वालियर से है। एक-दूसरे के दुख-सुख में शरीक होना वहाँ का मिज़ाज था। एक घर की ख़ुशी, कई-कई घरों में दिनों नाचती-गाती थी। इसी तरह एक मकान की ग़मी एक साथ बहुत-से घरों को रुलाती थी। स्टेशनों या बस अड्डों पर खड़े तांगे वाले, दो-तीन नस्लों के बाद भी मुसाफ़िरों

के मकानों या उनके रिश्तेदारों के ठिकानों को जानते थे। घर पहुँचने से पहले, यात्रियों को रास्तों में ही न सिर्फ़, अपने घर की, बल्कि और भी अनेक घरों की ख़बरें मिल जाती थीं। जब कोई नया घर बनवाता था, तो उसमें स्वयं के आराम की सुविधा ही नहीं, बहुत-सी दूसरी चीज़ों का ख़्याल भी रखा जाता था। इसमें मेहमानों के ठहरने को मेहमानख़ाना भी होता था, जानवरों की प्यास के लिए पत्थर की नांद भी गढ़वाई जाती थी, पक्षियों के लिए छत्री भी लगाई जाती थी। हर घर के नक़्शे में ये सारी चीज़ें ज़रूरी समझी जाती थीं। बच्चों की मुस्कुराहटों में सबकी हिस्सेदारी होती थी। बुज़ुर्गों के आदर-सत्कार में सबकी रिश्तेदारी होती थी।

दुख में नीर बहा देते थे, सुख में हँसने लगते थे,
सीधे-सादे लोग थे लेकिन कितने अच्छे लगते थे

यह उन दिनों का ग्वालियर था, जब मैंने इसे छोड़ा था। अब वहाँ भी रास्तों में भीड़ की रेलपेल ने नई-नई कॉलोनियों में बने फ्लैटों से दालान और आँगन छीन लिए हैं। छोटे होते घरों ने, दिलों को भी छोटा कर दिया है। अब न छतों पर कबूतरों की छत्रियाँ नज़र आती हैं, न प्यासे पशुओं के लिए पानी की नांदें रखी जाती हैं। मेहमान अब भगवान नहीं होता, उसके आने से मेज़बान परेशान होता है। अब न मुंडेरों पर आकर कौए आने वालों का पैग़ाम सुनाते हैं, न पीपल और नीम मौसम के स्वागत में लहलहाते हैं। घरों के बुज़ुर्ग, बेकार सामान की तरह, हर जगह बिखरे-बिखरे नज़र आते हैं। तब्दील होती ये छोटी बस्तियाँ, आहिस्ता-आहिस्ता उस ओर जा रही हैं, जहाँ मुंबई, चेन्नई और दिल्ली पहुँच चुकी हैं। फैलते हुए बाज़ार की सबसे बड़ी ताक़त पब्लिसिटी है। पब्लिसिटी में वज़न और विश्वास पैदा करने के लिए समाज के विभिन्न क्षेत्रों के जाने-पहचाने चेहरों का इस्तेमाल किया जाता है। क्रिकेट और फिल्मों के लोकप्रिय चेहरे, सड़कों की दीवारों पर लगे पोस्टर्स, चौराहों पर टँगे होर्डिंग्स, अख़बारों और टीवी के स्क्रीन पर चलती-फिरती तस्वीरें, रात-दिन इंसानों के दिमाग़ों को व्यक्तिगत सोच से दूर करके उन्हें प्रचारित वस्तुओं की

ओर आकर्षित करती रहती हैं। तिजारत में पब्लिसिटी की ज़रूरत ने, इसे विश्वव्यापी इंडस्ट्री का आकार दे दिया है। इस इंडस्ट्री के तीन-चौथाई से ज्यादा मालिकों में अमेरिका और उसके सहयोगियों की गिनती होती है।

आजकल हर शरीर पर मोटे कपड़े की काली या नीली जींस दिखाई देती है। मीडिया के निरंतर प्रचार-प्रसार ने सारे विश्व में इसे नौजवानों का प्रिय लिबास बना दिया है। बड़ी-बड़ी कंपनियों के लेबिलों से इनकी क़ीमतें घटती-बढ़ती रहती हैं। यही मोटा, रफ़ कपड़ा अगर तीस-चालीस साल पहले, कोई पिता अपने सुपुत्र को दिखाता या उसके लिए इसकी पैंट बनवाता, तो बाप-बेटे के बीच विवाद खड़ा हो जाता। वह घर छोड़ कर जाने का गुस्सा दिखाता और पिता उसकी नाराज़गी को शांत करने के लिए कोई दूसरा अच्छा मुलायम कपड़ा ख़रीद कर लाता। लेकिन प्रचार-प्रसार के बाज़ार ने कल की नापसंद को आज की पसंद बना दिया है। आजकल क्रिकेटर मैदान में खेल कम दिखाते हैं, बाजार में तेल, साबुन या साइकिलें बेचते अधिक नज़र आते हैं। सनी देओल एक तरफ देशभक्ति का ध्वज लहराते हैं, दूसरी तरफ अंडरवियर-बनियान के 'अंदर की बात' बताते हैं। आमिर ख़ान फिल्म 'सरफ़रोश' में देशद्रोहियों पर बंदूक चलाते हैं और टीवी स्क्रीन पर देशी पानी के विदेशी रूप को, ठंडा यानी कोकाकोला कहकर पैसा कमाते हैं। अमिताभ बच्चन सर के तेल से, लिखने वाले पेन तक, दुकान में अपनी फ्रेंचकट दाढ़ी के साथ जगमगाते हैं।

हुस्न वालों के तलबगार हैं अच्छे-अच्छे
माल अच्छा है, ख़रीददार हैं अच्छे-अच्छे

जब तेंदुलकर हीरो होंडा, अक्षय कुमार शराब और ऐश्वर्या राय लक्स साबुन बेचेंगी, तो मार्केट में ग्राहकों की भीड़ बढ़ेगी ही। फिल्म और खेल जगत के जाने-पहचाने इन चेहरों का कारोबारी महत्त्व देखकर राजनीति ने भी इन्हें चुनाव में इस्तेमाल करना शुरू कर दिया है। बड़ी-बड़ी रक़में देकर, इनमें से किसी को सेक्यूलर कांग्रेसवादी

बनाया जाता है, कभी किसी के माथे पर तिलक लगाकर उसे हिंदुत्व का पाठ पढ़ाया जाता है और कभी उसके नाम पर समाजवाद का ठप्पा लगाया जाता है और इस तरह जनता की सोच-समझ को बुझाया जाता है।

कोई किसी की तरफ़ है, कोई किसी की तरफ़
कहाँ है शहर में अब कोई, ज़िंदगी की तरफ़

राजनीति, जो कभी जनसेवा का नाम थी, अब धंधा बन चुकी है, और धंधों के क़ानून-क़ायदे अपने होते हैं। यह कभी संत नरसी मेहता और गाँधी के गुजरात में हिंसा का शोर मचाती है, कभी सूफ़ी-संतों की राजधानी दिल्ली में गुरु नानक की बानियों को ख़ून में नहलाती है।

ओसामा बिन लादेन को पहले रूस के ख़िलाफ़ हथियार बनाती है, फिर उसी की खोज में अफ़गानिस्तान पर बम और मिसाइल उड़ाती है और कभी ज़हरीले शस्त्रों की झूठी गवाहियों पर, हँसते-गाते इराक़ में हर तरफ़ मौत बिछाती है और ग़ैरइंसानी खेल को, अमन की ज़रूरत ठहराती है।

अमेरिका में प्रेसिडेंट के चुनाव के दिनों में, मैं वहीं था। बुश और कैरी के चुनाव भाषण सुनकर, वहाँ का पढ़ा-लिखा समाज बुश की तुलना में कैरी के तर्कों और इराक़ में अमेरिका की नीति के विरोध में, उसके मानवीय दृष्टिकोण को ज्यादा पसंद कर रहा था। लेकिन उन्हें शायद उस पब्लिसिटी का इल्म नहीं था, जो अमेरिका के अशिक्षित समाज में (जो भारत की तरह शिक्षित समाज से कई गुना ज्यादा है) आहिस्ता-आहिस्ता बुश और सद्दाम हुसैन के टकराव को धर्मयुद्ध बना रही थी। इस अमानवीय अमल को ज़ब ईसाइयत और इस्लाम की जंग बना दिया गया, तो कैरी की कमज़ोर पब्लिसिटी, बुश के सशक्त पैंतरों के सामने घुटने टेक गई। जंग में मारे गए बेटों की अमेरिकी माँएँ अब आँसू बहा रही हैं, भाइयों की बहनें अपने भाइयों के ग़म में चिल्ला रही हैं, जवान सुहागनें अपनी बेसहारा तन्हाइयों को रुला रही हैं। और वाशिंगटन की सफेद इमारत दुनिया

को शांति और धर्मनिरपेक्षता का सबक पढ़ा रही है। मुंबई में मेरे घर पिछले कई वर्षों से एक मराठी महिला झाड़ू-पोंछा और बर्तन साफ करने के लिए आती है। उसके साथ पाँच साल की एक बच्ची भी होती है, जो एक कोने में बैठी माँ को काम करते देखती रहती है। वह भी दो-तीन साल बाद अपनी माँ की भाँति, ढाई-तीन सौ रुपए मासिक पर, किसी दूसरे घर में झाड़ू-पोंछा किया करेगी। मेरे घर में काम करने वाली शिवसेना प्रमुख बाल ठाकरे की प्रशंसक है। एक दिन जब वह वोट देकर आई, तो मैंने पूछा, 'किस पार्टी को वोट दिया?' उसने कहा, 'बाल साहब की पार्टी शिव सेना को. ...।' मैंने पूछा, 'शिव सेना ही क्यों?' इसलिए कि वह मराठी लोगों की पार्टी है। उस बेचारी को क्या मालूम, उसकी पगार वही ढाई-तीन सौ से आगे नहीं बढ़ेगी और मुंबई, शिवाजी, मराठा का आकर्षक नारा चार सौ बीस करोड़ रुपयों में कोहिनूर मिल का सौदा तय करेगा। अकबर इलाहाबादी का शेर, थोड़ा-सा बदल कर :

क़ौम के ग़म में डिनर खाते हैं, वे जाम के साथ,
रंज लीडर को बहुत है मगर आराम के साथ।

आज की संस्कृति दुकानों की संस्कृति है। दुकानें चलाने वालों का संबंध किसी धर्म विशेष, भाषा या क्षेत्र से नहीं होता। इन दुकानों पर लगे बोर्ड मार्केटिंग के हिसाब से तैयार किए जाते हैं। इनमें न कोई सांप्रदायिक है न सेक्यूलर, सब दुकानदार हैं, और इनके अपने-अपने ब्रांड्स के संरक्षक प्रचार-प्रसार हैं। हिंदू-मुस्लिम-सिख-ईसाई मतभेदों में जनता को उलझाया जाता है और इन उलझावों से धंधा चलाया जाता है। ऑस्कर वाइल्ड ने कहा था, लोकप्रिय होने के लिए छोटे ज़ेहन की ज़रूरत होती है। मैं इसमें इतना जोड़ना चाहूँगा, छोटे ज़ेहन को लोकप्रिय बनने के लिए बड़ी पब्लिसिटी की आवश्यकता होती है–

मिलता कहाँ है अपने मकानों में अब खुदा,
शायद दिखाई दे वह किसी इश्तहार में

तमाशे में चेहरे पुराने पड़ जाते हैं मगर...

ज़िंदगी एक चलते-फिरते तमाशे के समान है। इस तमाशे की वह खुद ही तमाशाई भी है और तमाशा भी। इस तमाशे की शुरुआत आदमी के जन्म से ही हो जाती है, जन्म होते ही, वह कुम्हार की मिट्टी की तरह अलग-अलग आकारों में ढलता रहता है, निरंतर बदलता रहता है। एक ही आईने में, कभी वह बचपन में किलकारियाँ मारता है, कभी तरुणाई की दिलदारियाँ सँवारता है और यूँ ही बूढ़ा होकर वर्तमान में अतीत को पुकारता है। वह निरंतर बदलता रहता है, और जो है उसमें, जो नहीं है, उस पर हाथ मलता रहता है। इलाकों की टॉपोग्राफी की तरह आदमी का चेहरा-मोहरा भी समय के साथ नए-नए रूप लेता रहता है। कुछ स्वयं में होती इस लगातार तब्दीली को निभाते रहते हैं। कुछ इसको अपना ग़म बनाकर खुद को सताते रहते हैं। वक्त के साथ निभाइए या इसे हठधर्मी समझ कर खुद को सताइए, उससे कोई फ़र्क़ नहीं पड़ता। समय अपनी गति से बहता रहा है और बहता रहेगा। जो कल था वह आज नहीं है, जो आज है वह कल नहीं होगा। कविता में खोए हुए बचपन और गुज़रे हुए यौवन को हमेशा याद किया जाता है। यह जानते हुए भी कि जो जाता है, वह लौट कर नहीं आता। बचपन से ज़्यादा जवानी का मातम कविता का ख़ास विषय रहा है। मिर्ज़ा ग़ालिब

बड़ी आन-बान के शायर थे। उन्होंने अपने बुढ़ापे को तो ग़ज़ल में एक-दो जगह ही अपना विषय बनाया है, लेकिन अपने ख़तों में अपनी गुजरी हुई जवानी को बार-बार याद किया है। एक ख़त में जवानी में अपनी गुलाबी रंगत वाले चेहरे की खूबसूरती का ज़िक्र किया है और दूसरे में अपने मुख़ालिफ़ों (विरोधियों) को जिन्होंने उन्हें बुढ़ापे में माँ-बहन की गालियों भरे पत्र लिखे थे, यूँ फटकारा–मियाँ तुम्हें बूढ़े आदमी को गाली देने का तरीक़ा भी नहीं आता। उम्र के जिस हिस्से में मैं हूँ, उसमें गाली माँ-बहन की नहीं दी जाती है, बेटी की दी जाती है। ग़ालिब विश्वासों की जगह संदेहों के शायर थे। उन्हें खुदा के होने पर शक भी था और उसके न होने का गम़ भी, उन्होंने कहा था–

हम को मालूम है जन्नत की हक़ीक़त लेकिन,
दिल के खुश रखने को ग़ालिब यह ख़्याल अच्छा है।

संदेहों ने ग़ालिब को ज्यादा रंजूर (दुखी) तो किया, परंतु उन शिकायतों से दूर रखा, जो उनसे पहले और बाद के शायरों की शायरी में बार-बार दोहराई जाती हैं। जोश मलीहाबादी ने अपनी आत्मकथा 'यादों की बारात' में अपनी जवानी को जितनी रंगीनी से बयान किया है, अपनी शायरी में बुढ़ापे का उतना ही अपमान किया है। वह अपनी जवानी की ग्यारह महबूबाओं का ज़िक्र तो फ़रमाते हैं, लेकिन बुढ़ापे में अपनी ही उम्र की पत्नी को देखने से घबराते हैं। एक रुबाई में ढलती जवानी से निकलते बुढ़ापे को उन्होंने इस तरह कोसा है–

मुमकिन हो तो सूली पे चढ़ाना या रब,
या नारे-जहन्नुम (नरक की आग) में जलाना या रब।
माशूक़ कहें आप हमारे हैं बुजुर्ग,
नाचीज़ को वह दिन न दिखाना या रब।

वह बढ़ती उम्र में, अपनी हम-उम्र प्रेमिकाओं को नहीं कोसते, आईने में अपनी शक्ल देखकर भी दिल मसोसते हैं। वह जवानी गुज़रने के बाद भी उसके गुज़र जाने पर यक़ीन नहीं करते, यही

उनका ग़म है। इस ग़म को बहलाने के लिए वह ख़ुद भी धोखा खाते हैं और अपने पाठकों को धोखे में रखते हैं। देखिए किस तरह आदमी बूढ़ा होकर भी अपने बूढ़े होने को झुठलाता है। जोश साहब की एक और रुबाई है–

कैसा यह अजब दौर नज़र आता है,
बदला हुआ हर तौर नज़र आता है,
आईने में यह मैं तो नहीं हूँ ऐ जोश,
बूढ़ा सा कोई और नज़र आता है।

वक़्त के बदलते रंगों का असर शायरों और कवियों से अधिक फिल्म अभिनेताओं और अभिनेत्रियों पर नज़र आता है। उनका नाम और काम चेहरों से ही चलता है और चेहरे हमेशा एक से नहीं रहते। वक़्त उन्हें मुसलसल बदलता रहता है। मीना कुमारी जब कमाल अमरोही से अलग होकर अकेली रहने लगी थी, तो उन्होंने अपने अकेले सफ़र में. शराब को अपना हमसफ़र बना लिया था। उनकी शराब जब कभी होश में आती थी, तो वह उनके चेहरे का आईना बन जाती थी और मीना जी एक शेर दोहराती थीं– *'आईना देखकर ख़्याल आया/तुम मुझे बेमिसाल कहते थे'*, नहीं मालूम इस शेर से 'तुम' का संबोधन किसके लिए था, क्योंकि उन दिनों उनकी तन्हाइयों में कई नामीगिरामी हस्तियाँ शरीक थीं। उनमें धर्मेंद्र भी थे, गुलज़ार और सावन कुमार टाक भी थे। बढ़ती हुई उम्रों से समझौता करना आसान नहीं होता, इसका अहसास मुझे भारत भूषण से मिलकर हुआ। मुझे किसी किताब की ज़रूरत थी, और भारत जी की अपनी लाइब्रेरी पूरी इंडस्ट्री में मशहूर थी। शाम का वक़्त था और बंबई में शाम, जाम के बग़ैर नाकाम समझी जाती है। भारत जी उन दिनों, जुहू से बांद्रा लिंकिंग रोड के एक फ्लैट में रहने लगे थे। वह बड़ी जगह से छोटी जगह में आए थे। लेकिन इस छोटी जगह में भी उनकी बड़ी लाइब्रेरी के लिए गुंजाइश पैदा कर ली गई थी। दूसरा पेग ख़त्म होते ही, भारत जी के हाथों में उनकी पुरानी फिल्मों के एलबम थे। मिर्ज़ा ग़ालिब की भूमिका में भारत भूषण, बैजू-बावरा

के रूप में भारत भूषण, सुंदर तस्वीरों को दिखाते हुए भारत जी का चेहरा आप ही आप बदलता जा रहा था। मुझे लगा उनकी ख़ामोशी कुछ बोलना चाहती है लेकिन जिसे वह मुझे नहीं सुनाना चाहते। इतने में उनकी एक अपाहिज जवान लड़की व्हील-चेयर पर मेरे लिए किताब लेकर कमरे में दाख़िल हुई। उसे देखते ही, भारत जी की आँखों से अचानक आँसू बह निकले, उन आँसुओं के साथ उनके शब्द थे—क़िस्मत ने कैसी नाइंसाफ़ी की है इसके साथ, न जाने मेरे किस जन्म के पाप का दंड इसे मिल रहा है। साहिर का एक शेर है—

दूसरा ग़म तो बहाना ही बना करता है
सब को अपनी ही किसी बात पर रोना आया।

नहीं मालूम उस समय भारत जी अपने शानदार माज़ी (भूतकाल) से दूर होने की बेबसी पर रोए थे या खूबसूरत चेहरे वाली अपनी बेटी की अपाहिज ज़िंदगी पर रोए थे। इसी संदर्भ में मुझे अपने एक सीनियर दोस्त भी याद आते हैं। उनका नाम मोहन जवेरी था। उन दिनों 80 साल को पार करके 82 से गुजर रहे थे। लेकिन इस उम्र में भी लिबास, रंगीन मिज़ाजी, शायरी और फिल्मों में उनकी दिलचस्पी जवानों जैसी थी। जवानी में जाँनिसर, कैफ़ी और मजरूह की महफ़िलों में जाम छलकाते थे। अब हफ़्ते में एक-दो बार मेरे घर स्कॉच की बोतल लेकर आते थे। मातृभाषा गुजराती थी, लेकिन उर्दू-हिंदी कविता के शैदाई (चाहने वाले)। जब भी आते, एक-दो घंटे खूब महफ़िल जमती। एक बार आए, तो चेहरे पर कुछ ज़्यादा ही ख़ुशी चमक रही थी। मैंने इसकी वजह पूछी तो होठ़ों पर एक शर्मीली-सी मुस्कुराहट सजाकर खामोश हो गए और बोतल खोल कर मेरे लिए बड़ा और अपने लिए छोटा पेग बनाने लगे। जब सुरूर आया, तो मुस्कुराते हुए बोले—आज मेरे लिए बड़ी खुशी का दिन है, वर्षों की आरजू पूरी हुई है। मैंने सोचा शायद जवेरी साहब की किसी पोती या नवासे की शादी तय हुई होगी। मुझे सोचता देखकर उन्होंने जेब से ख़ुशबू में बसा हुआ एक लिफ़ाफ़ा निकाला और कहा—यह देखो बरसों पहले

जो ख़्वाब देखा था उसकी ताबीर आज मिली है। मैं उनकी बातों से हैरत में था, उन्होंने कहना शुरू किया—बंबई के ही एक कॉलेज में वह मेरे साथ थी। वह कॉलेज की सबसे हसीन लड़की थी और मैं उसे चाहता था। उस वक़्त मेरे और उसके बीच धर्म दीवार बन गया और उसकी शादी किसी और से हो गई। पहली मुहब्बत जीवन में मुश्किल से भूलती है, लेकिन मजबूरी ने जीना सिखा दिया था। मेरी भी शादी हो गई, लेकिन आज अचानक मेरे पते पर उसका ख़त आया तो, वह अपने हुस्न और जवानी के साथ फिर से याद आने लगी और उसकी दूरी सताने लगी। उसने मुझे दिल्ली बुलाया है। मेरे तीन पेग हो गए थे। मैंने उनसे कहा—जवेरी साहब अगर आपको उससे वाक़ई प्यार है, तो एक काम कीजिए। फ़रमाइए? मैंने कहा—उससे मिलने नहीं जाइए। वह क्यों? मैंने कहा—वह यूँ कि आप उनके 16 बरस के रूप को सँवारिए और उन्हें 18 बरस वाले आपको निहारने दीजिए...आप मिलने जाएँगे तो वह 16 से 80 की हो जाएँगी और आप.....। पता नहीं उन्होंने मेरी बात मानी या नहीं, लेकिन मैंने इस विषय पर एक कविता लिखी थी—

वक़्त ने मेरे बालों में चाँदी भर दी,
इधर-उधर जाने की आदत कम कर दी,
आईना जो कहता है सच कहता है,
एक सा चेहरा-मोहरा किसका रहता है,
इसी बदलते वक़्त के सहरा में लेकिन,
कहीं किसी घर में इक लड़की ऐसी है,
बरसों पहले जैसी थी वह अब भी बिल्कुल वैसी है।

भाषा के फ़ासले तोड़ता वह लेखक

राही मासूम रज़ा जब अलीगढ़ से प्रोफेसरी छोड़ बंबई आए थे, उस समय वह हिंदी-उर्दू साहित्य के जाने-पहचाने नाम थे। उनके साथ दोनों भाषओं में एक दर्जन से ज्यादा किताबें, एक नई पत्नी और उसके साथ उसके पहले पति के चार लड़के, एक चाँदी की पान की डिबिया, डोरों वाला एक लखनवी बटवा, दस्तकार हाथों से सिले कुछ मुग़लाई अंगरखे, अलीगढ़ कट पाजामे, कुर्ते और शेरवानियाँ थीं। उस समय की बंबई आज की तुलना में काफी भरी-पूरी थी। धर्मवीर भारती 'धर्मयुग' के संपादक थे और इस पत्रिका के माध्यम से 'नवगीत' और 'नई कहानी' की सशक्त प्रतिभा को सामने ला रहे थे। कमलेश्वर 'सारिका' को कथा साहित्य का मंच बना रहे थे। करंजिया हिंदी, अंग्रेजी और उर्दू 'ब्लिट्ज़' में देश की राजनीति को आईना दिखा रहे थे। कृष्ण चंद्र कहानियों और उपन्यासों में गद्य का जादू जगा रहे थे। सरदार जाफ़री, मीर और ग़ालिब की विरासत में मीरा और कबीर के पैबंद लगा रहे थे। राजेंद्र सिंह बेदी अपनी कहानियों पर सिनेचित्र बना रहे थे। कैफ़ी आज़मी मुशायरों में इंक़लाबी कविताएँ सुना रहे थे। ख़्वाजा अहमद अब्बास अपने लास्ट पेज से ब्लिट्ज़ को लोकप्रिय बना रहे थे और निदा फ़ाज़ली जैसे नए लोग, नारियल के बिना छाया के पेड़ों तले अपने भविष्य को बुला रहे थे।

उन दिनों की बंबई ने राही के लेखक का मुनासिब स्वागत

किया। पहले उन्हें उनके भाई, बैंक के उच्चाधिकारीयों के यहाँ ठहराया और उसके बाद बांद्रा में बैंड स्टैंड स्थित समंदर किनारे कई कमरों वाले किराए के एक फ्लैट में बसाया। उनके पड़ोस में शायर-संवाद लेखक अख़्तरुल ईमान थे। किराए का यह घर आज उनके बड़े बेटे नदीम की मिल्कियत में है। नदीम फिल्मों के मशहूर कैमरामैन हैं और नोबेल पुरस्कार से सम्मानित नायपॉल के अफ्रीकी देश की गायिका पार्वती ख़ान के पति हैं। पार्वती के साथ ख़ान का जुड़ाव उस समय का चर्चित मुद्दा था। ऐसी ही सांप्रदायिक बहस उस वक्त भी चली थी, जब बी. आर. चोपड़ा के सीरियल 'महाभारत' में संवाद लेखक के रूप में राही मासूम रज़ा का नाम जुड़ा था। एक मुसलमान नाम का लेखक, हिंदू धार्मिक ग्रंथ को अपने डायलॉगों से अपवित्र कर रहा है, यह उस ज़माने में शिवसेना और बीजेपी का ख़ास चर्चा का विषय था, लेकिन राही के पार्कर पेन ने इस आरोप का न सिर्फ पूरी तरह खंडन ही किया, बल्कि आलोचकों के मुँह पर ताले लगा दिए। राही का यह साहसी चेहरा उस टोपी और दाढ़ी वाले मुसलमान से मुख़्तलिफ़ था, जो अक्सर आज मुलायम सिंह और सोनिया गाँधी की रैलियों में नज़र आता है और जो बार-बार फिल्मों में दिखाया जाता है। राही, हिंदी-उर्दू के उस भेद को भी नहीं मानते थे, जिसे जिन्ना के टू-नेशन की थ्योरी ने सांप्रदायिक रंग देकर भारत में रघुपति सहाय फ़िराक़ की ज़ुबान को मुसलमान और गुलशेर अहमद शानी और असद ज़ैदी की भाषा को हिंदू बना दिया था। राही पढ़े-लिखे इंसान थे। वह राजनीति की बनाई हुई भूल-भुलैया में भटके नहीं, अपने रास्ते पर चलते रहे और जितना संभव था, अपने शब्दों से माहौल को बदलते रहे। खार स्थित मेरे घर के सामने फिल्मों के मशहूर रायटर सतीश भटनागर रहते हैं। मैं मार्निंग वॉक पर जाता, उस समय सतीश जी अपने बंगले के सामने झाड़ू लगाते नज़र आते थे। एक-दो बार उन्हें इस रूप में देखकर एक दिन मैंने पूछ लिया, 'सतीश जी, आप इतने पढ़े-लिखे आदमी हैं, कई बड़ी-बड़ी फिल्मों की पटकथाएँ लिखीं, आप सड़क पर इस तरह रोज़ झाड़ू क्यों लगाते हैं?'

उन्होंने मुझे हैरत से देखकर जवाब दिया, 'निदा फ़ाज़ली, अगर देश में सब रोज़ अपने-अपने हिस्से की ज़मीन साफ़ करने लगे, तो देश कितना साफ़ हो जाएगा।' मैं जब भी सतीश जी की बात को याद करता हूँ, तो मुझे फौरन मुग़लाई अंगरखा और अलीगढ़ कट पजामा पहने, पान के लाल रंग में भीगी मुस्कुराहट वाले राही मासूम रज़ा याद आ जाते हैं। अपने घर में क़ालीन बिछे फर्श पर, पेट के बल लेटे हुए दाएँ-बाएँ पड़े गाव-तकियों को बग़लों में समेटे हुए और सामने रखे कागज़ों पर मुसलसल क़लम चलाते हुए ग़ाज़ीपुर वाले राही, देश की राजनीति में शामिल सांप्रदायिकता से निरंतर जूझते हुए। कभी वह उर्दू के लिए नागरी लिपि की वकालत में 'धर्मयुग' में लेख छपवा रहे हैं और उर्दू के कट्टरपंथियों से गाली खा रहे हैं, कभी महाभारत में संवाद लिखकर हिंदुत्व को चौंका रहे हैं। कभी 'टोपी शुक्ला' और 'आधा गाँव' लिख कर, भारत के हिंदू-मुसलमान में राजनीति के पैदा किए भेदभाव को नंगा करके दिखा रहे हैं। वह ग़ाज़ीपुर की साझी संस्कृति में पले-बढ़े इंसान थे। इस संस्कृति के मूल्य उनके जीवन और लेखन में हमेशा जागते रहे। इन्हीं मूल्यों ने उन्हें बंबई में कभी बंबइया नहीं बनने दिया। उस ग्लैमर वर्ल्ड में रहते हुए भी वह अपने ग़ाज़ीपुर को अपने इर्द-गिर्द बसाए हुए थे। उनका दिन भले ही निर्माता राज खोसला, बी. आर. चोपड़ा आदि के साथ गुज़रता हो, लेकिन रात होते ही लखनऊ के तंबाकू, ग़ाज़ीपुर की मजलिसों, अख़्तरी बाई फ़ैज़ाबादी की ग़ज़लों, अलीगढ़ के क़हक़हों और मगही पानों की कुरकुराहटों से गूँजता-महकता रहता था। रोज़ की महफ़िलों में, उनके यहाँ परोसी जानेवाली डिशेज में भी इन्हीं क्षेत्रों का स्वाद होता था। राही के दो शेर हैं–

हम तो हैं परदेस में, देस में निकला होगा चाँद,
अपनी रात की छत पर कितना तन्हा होगा चाँद।
रात ने ऐसा पेच लड़ाया छूटी हाथ से डोर,
आँगन वाले नीम में जाकर अटका होगा चाँद।

यूँ तो राही साहब सर से पाँव तक मुहब्बत ही मुहब्बत थे,

लेकिन प्रगतिशील बग़ावत भी उनकी आदत का हिस्सा थी। उनकी नाराज़गियाँ एक ज़माने में फिल्म इंडस्ट्री में काफी मशहूर थीं। उनकी नाराज़गी का पहला निशाना दिलीप कुमार बने। वह इस फिल्म के हीरो थे और हीरो भी बहुत बड़े, डायरेक्टर से ज्यादा पटकथा और संवादों में उनका अमल-दख़ल था। राही साहब किरदारों को अपनी तरह पेश करना चाहते थे और दिलीप कुमार इनमें अपने अनुभवों का रंग भरना चाहते थे। यह अपनी-अपनी फील्ड के दो महारथियों के बीच का विवाद था। दोनों अपनी लाइन से हटने को तैयार नहीं हुए और फिर यूँ हुआ, राही ने अपना पार्कर पेन बंद करके अपनी अचकन की जेब में लगाया और फिल्म लेखक संघ का दरवाज़ा खटखटाया। लेकिन इससे पहले कि लेखक संघ इस संबंध में कोई निर्णय ले, फ़िल्म का पूरा पारिश्रमिक, चेक के रूप में कंपनी ने राही के घर पहुँचा दिया था। उनका ऐसा ही एक दिलचस्प टकराव अभिनेता राजकुमार से भी हुआ। वह फिल्म के नायक थे और उसमें लेखक राही मासूम रज़ा थे। निर्माता थे के. राज़दान। फिल्म का नाम 'उल्फ़त' था, लेकिन राही का क़लम यहाँ भी बदक़िस्मत था। केस फिल्म लेखक संघ में पहुँचा, डिस्प्यूट कमेटी में राजकुमार और राही के बीच जो बातचीत हुई वह काफी रोचक थी। राजकुमार ने राही की तरफ इशारा करते हुए कहा, 'राही का एक पाँव दूसरे से छोटा है। (राही साहब थोड़ा लंगड़ा के चलते थे।) वह प्रोफेसर रह चुके हैं, उन्हें मालूम होगा, जिस जानवर में ऐब होता है, उसे तो अल्लाह भी कुर्बानी में स्वीकार नहीं करता। जब इनको अनुबंधित किया गया था, तो मुझे इनकी ऐबदारी का इल्म नहीं था।' जवाब में राही ने कहा, 'मेरा लंगड़ापन जगज़ाहिर है, मैंने इसे कभी छुपाया नहीं। अलीगढ़ में स्टूडेंट्स मुझे इसीलिए बायरन कहा करते थे। मुझमें और इनमें यही फ़र्क़ है। मैं अपने ऐब को छुपाता नहीं और यह अपने गंजेपन को विग से छुपाकर वर्षों से सिने-दर्शकों को धोखा दे रहे हैं। इनकी धोखा देने की आदत का मैं भी शिकार हुआ हूँ।'

राही चेहरे से भी आकर्षक थे और मुशायरे के काफी लोकप्रिय शायर थे। मज़ाज़ लखनवी के बाद राही अलीगढ़ में सबसे ज्यादा

पसंद किए जाते थे। लॉर्ड बायरन की तरह, राही के खाते में भी कई इश्क़ थे। इन इश्क़ों की सूची में उनकी दूसरी पत्नी का नाम आख़िरी था। ग़ाज़ीपुर की पत्नी से आज़ाद होकर ही वह अलीगढ़ आए थे। इस दूसरी शादी ने उन पर कई पाबंदियाँ लगाई थीं। इसी के कारण उन्हें यूनिवर्सिटी छोड़नी पड़ी और इसी की शर्त पर वह मुशायरों के स्टेज से दूर हुए। लेकिन इसके बावजूद शायरी से उनका रिश्ता अंत तक जारी रहा। फिल्मों और सीरियलों में कामयाब होने के बावजूद, राही इस कामयाबी को अपने साहित्यकार के लिए अच्छा नहीं समझते थे। उन्हीं के शब्दों में–

एक चुटकी नींद की मिलती नहीं
अपने ज़ख़्मों पर छिड़कने के लिए
हाय हम किस शहर में मारे गए।

ज़िंदगी के साथ झूमती-गाती है ग़ज़ल

ग़ज़ल एक काव्य विधा का नाम है। उसी तरह जैसे गीत है, दोहा है, रुबाई है, चौपाई है, लेकिन ग़ज़ल इन सबमें एक ऐसी मनमोहक विधा है, जो 700-750 साल की बूढ़ी होने के बावजूद जवान हाथ-पैरों और चमकते-दमकते बदन के साथ हर जगह घूमती-झूमती नज़र आती है। आज के सियासी संसार में जबकि क्षेत्र, भाषा, इतिहास, भूगोल; तहज़ीब आदि पर धर्म और जात-पात के लेबल लगाए जा रहे हैं, ग़ज़ल ही एक ऐसी विधा है, जो हर सीमा और सरहद से आज़ाद है और जो सूफ़ी-संतों की बानियों की तरह केवल मुहब्बतों से आबाद है। इसकी इसी अदा ने इसे लोकप्रिय बनाया है। हिंदी में इसे शमशेर और त्रिलोचन ने गले लगाया है, गुजराती में चीनू मोदी और मरीज़ जैसे कलाकारों ने इसे अपनाया है, मराठी में सुरेश भट्ट और मंगेश पाडगाँवकर ने इसमें जादू जगाया है, पंजाबी में अमृता प्रीतम और मंजीत टिवाणा ने अपनी धड़कनों से इसे सजाया है। सिंधी में शेख़ अयाज़ और नारायण शाम ने अपना दुख-सुख इसमें गाया है, उर्दू में ग़ालिब और फ़िराक़ ने इसे ऊँचाइयों पर पहुँचाया है। इन चंद भाषाओं के अलावा अनेक देशी-विदेशी जुबानें हैं, जिन्होंने इसी आईने में स्वयं को दर्शाया है। ग़ज़ल की इस बहुमुखी लोकप्रियता में, इस विधा की बनावट और बुनावट का बड़ा हाथ है। यह सिर्फ बूँद में सागर समेटने का चमत्कार ही नहीं दिखाती, सिनेमा की पटकथा की तरह, एक ही रूप में कई दृश्यों को लपेटने का हुनर भी जगाती है और इस तरह समय की

आधुनिक गति का साथ निभाती है। गीत का हर छंद मुखड़े के दायरे में ही घूमता है। कविता एक ही भाव के साथ अंत तक जाती है, जबकि ग़ज़ल, पहले शेर से आख़िरी शेर तक नई-नई कहानी सुनाती है। हर ग़ज़ल एक साथ, कई विचारों को एक ही मूड में फैलाती जाती है। इसके हर शेर के साथ दृश्य बदलता जाता है और यूँ हर शेर पाठक को नई-नई दुनियाओं की सैर कराता है। ग़ज़ल की इसी चाल-ढाल ने गायकों को इसकी ओर आकर्षित किया है। उस्ताद बरकत अली ख़ाँ, बेगम अख़्तर, मेंहदी हसन से लेकर पाकिस्तान के ग़ुलाम अली, फ़रीदा ख़ानम और भारत के जगजीत सिंह, मधुरानी ने ग़ज़ल गायकी को एक फ़न बनाया है और इसे लिपि की सीमाओं से मुक्त करके विश्व में चारों तरफ फैलाया है।

यह सही है ग़ज़ल सिंगर्स की आवाज़ों ने ग़ज़लकारों की रचनाओं को विश्व में हर जगह फैलाया, और इनसे उनको भी रिझाया, जिनकी मातृभाषा हिंदी-उर्दू नहीं है। लेकिन यह कहना शायद उचित न हो कि *मीर, ग़ालिब या रघुपति सहाय 'फ़िराक़' को कौन जानता है, आज ज़माना उन्हें मेरी आवाज़ से पहचानता है।* यह बयान उनका है, जो ग़ज़ल की शान हैं, और जिनका नाम मेंहदी हसन ख़ान है। यह वही ग़ज़ल गायक हैं, जिनके बारे में लताजी का एक स्टेटमेंट बहुत मशहूर हुआ। यह बयान लताजी ने उन दिनों दिया था जब बीजेपी, तुलसी के मर्यादा पुरुषोत्तम राम को रथ पर बिठाकर बच्चों को डरा रही थी और शिवसेना, पाकिस्तान के विरोध में कोटला ग्राउंड तुड़वा रही थी। लताजी ने कहा था—पाकिस्तान के कराची में एक ऐसा गला है, जिसमें मेरे ईश्वर का निवास है।

यही मेंहदी हसन जब पहली बार बंबई आए थे, तो तोहफे की तरह हर बड़े फिल्मी घर में बुलाए गए थे। उन दिनों की मशहूर फिल्म लेखक जोड़ी सलीम जावेद ने भी उनके सम्मान में महफ़िल सजाई थी। सागर का किनारा शराब का हुकारा और श्रोताओं के रूप में फिल्मी हस्तियों का नज़ारा इन सबने मिलकर जब उनके दिमाग को करंट मारा तो वह कुछ बोलना चाह रहे थे और मुँह से जो लफ़्ज निकल रहे थे, वह कुछ और कह रहे थे। वह अपनी रौ में कह रहे

थे—मीर ग़ालिब को कौन जानता था, इन्हें संसार मेरी आवाज़ से पहचानता है। फिर उन्होंने अपनी आवाज़ में मीर की मशहूर ग़ज़ल छेड़ी—

देख तो दिल कि जाँ से उठता है
ये धुआँ-सा कहाँ से उठता है।

अभी वह शेर में शामिल शब्द 'धुआँ' की अदायगी में अपनी गायकी का जादू दिखा ही रहे थे कि एक कोने से, मुँह में पान की घुलती गिलौरी से निकलती एक तेज़ आवाज़ गूँजी। इस आवाज़ में ग़ज़ल की उमंग भी थी, तंबाकू की तरंग भी थी और पठानी जंग भी थी। यह आवाज़ थी, शायर व गीतकार मजरूह सुल्तानपुरी की। सारी महफ़िल उस आवाज़ की तरफ़ मुड़ गई, उस आवाज़ के शब्द थे—'बंद करो इस मीरासी (मेंहदी हसन) को, जो मीर व ग़ालिब की बेइज़्ज़ती करने की हिम्मत करता है। उसे उन्हें गाने का हक़ नहीं, एक-दो नहीं, सैकड़ों गवैये आएँगे, चले जाएँगे, मगर अज़ीम शायरों के लफ़्ज हमेशा दोहराए जाएँगे।' शमशेर बहादुर सिंह का शेर है—

ज़माने भर का कोई इस क़दर अपना न हो जाए,
कि अपनी ज़िंदगी खुद आप को बेगाना हो जाए।

ग़ज़ल एक सेक्युलर काव्य विधा है। यह न हिंदू है, न मुसलमान है, केवल साहिबे-ईमान यानी इंसान है। ग़ज़ल का इतिहास उन मानवीय मूल्यों का इतिहास है, जो हर युग में इंसानियत का विश्वास है। धरती भले ही मंदिर, मस्जिद, चर्च और गुरुद्वारों में विभाजित हो, लेकिन ग़ज़ल में यह सारा विभाजन, संयोजन का रूप धारे मिलता है। इसमें जिस ईश्वर को पूजा जाता है, वह बच्चा बनकर मुस्कुराता है, हाथ में चूड़ी बनकर खनखनाता है, दुपट्टा बनकर सरसराता है, रिश्ता बनकर समय को जगमगाता है, फ़ाख़्ता बनकर युद्धस्थल में पंख फैलाता है, सियासत को मुहब्बत करना सिखाता है। इसमें धार्मिक सख़्ती की जगह सूफ़ियाना नर्मी होती है। यह भेद-भाव की जगह सद्भाव को दर्शाती है। ग़ज़ल के बाग़ी शायर यगाना चंगेज़ी का

शेर है–

सब तिरे सिवा काफ़िर, आख़िर इसका मतलब क्या,
सर फिरा दे इंसाँ का, ऐसा ख़ब्ते[1] मज़हब क्या।

इन्होंने ही अपने एक शेर में भगवान कृष्ण और हज़रत अली, दोनों को खुदा का रूप कहा है। शक्ति एक, भक्ति अनेक–

कृष्ण का हूँ पुजारी, अली का बंदा हूँ
यगाना शाने ख़ुदा देखके रहा न गया।

ग़ज़ल का इतिहास बहुत लंबा-चौड़ा है। इसमें कई देशों की संस्कृति और तहज़ीबों का सौंदर्य शामिल है। इसमें कई सदियों का फैलाव है, जिसको समेटने की कोशिश करूँ, तो यूँ कहूँगा–ग़ज़ल अरब के रेगिस्तान में इठलाई, ईरान के बाग़ों में लहराई और वहाँ से चलकर जब गंगा और हिमालय के देश आई, तो उसका हुस्न कुछ ऐसा था, उसके माथे पर ज़ोरोस्टर का नूर था, दिल में गीता थी, हाथों में कुरान था और उसका नाम धर्मनिरपेक्ष हिंदुस्तान था। ग़ज़ल के इस प्रारंभिक रूप के पहले दर्शक सूफ़ी निज़ामुद्दीन की दरगाह में अमीर ख़ुसरो थे। उसके रूप की प्रशंसा में उन्होंने जो ग़ज़ल लिखी थी, वह तेरहवीं-चौदहवीं सदी में हिंदुस्तानी भाषा की पहली ग़ज़ल मानी जाती है। इस ग़ज़ल की दो पंक्तियाँ–

जो यार देखा नैन भर, दिल की गई चिंता उतर
ऐसा नहीं कोई अजब, राखे उसे समझाए कर।

ग़ज़ल मीनाकारी की कला है। अनुभव की आँच से शब्द पिघल कर ही ग़ज़ल में ढलते हैं। जिस तरह सागर की लहरों से पत्थरों को गोलाइयाँ मिलती हैं, इसी तरह आपबीती को जगबीती बनाने के लिए, मीर की तरह ग़ज़ल को सजाने के लिए दर्दो-ग़म की ज़रूरत होती है। मीर का शेर है–

हम को शाइर न कहो मीर
कि साहब हमने

दर्दो-ग़म कितने किए
जमा तो दीवान[1] क्या।

दाग़ के ज़माने में उनके एक समकालीन अमीर मीनाई थे। लंबी दाढ़ी, नमाज़ी, मौलवी। एक बार उन्होंने दाग़ से पूछा–'दाग़ साहब, जिस ज़बान में आप ग़ज़ल कहते हैं उसमें हम भी कहते हैं, लेकिन क्या बात है, आप सुनाते हैं, तो छा जाते हैं। हम सुनाते हैं, तो श्रोता मुँह बनाते हैं।' दाग़ ने कहा, 'मैं आपको जवाब दूँगा लेकिन इससे पहले आप मेरे दो सवालों का जवाब दें। क्या आपने कभी शाम होते ही गिलास को रंगीन किया है?' अमीर ने इनकार में सर हिलाया। दाग़ ने दूसरा सवाल दाग़ा, 'क्या आपने घर के अलावा किसी दूसरे बिस्तर को रेशमीन किया है?' इस बार मौलाना अमीर मीनाई ने लाहौल (शैतान को भगाने का मंत्र) पढ़ कर इनकार में सर हिलाया। दाग़ साहब ने कहा, 'मियाँ! बीवी को देखकर शेर लिखोगे, तो शेरों का ऐसा ही अंजाम होगा। ग़ज़ल में बीवी के अलावा जो बहुत कुछ है, जब तक वह ग़ज़ल में शामिल नहीं होता, ग़ज़ल ग़ज़ल नहीं बनती।'

1. दीवान=संग्रह

हम जो खो रहे हैं

मुझे बच्चे, फूल और चिड़ियाँ बहुत पसंद हैं। मैंने किसी सीरियल के लिए एक गीत लिखा था। इसका मुखड़ा है—*छोटी-छोटी ख़ुशियाँ/चलती रुकती राह में जैसे/बच्चे फूल और चिड़ियाँ।* आज की दुनिया में जबकि हर चीज़ में खोट पैदा हो गई है, इंसान में हैवान शामिल हो गया है, पावन नदियाँ मैली होती जा रही हैं, मुहब्बत में नफ़रत और सियासत में वहशत जुड़ती जा रही है, अगर कहीं थोड़ी-सी शुद्धता बाकी रह गई है, तो वह बच्चों की मुस्कुराहट है, फूलों की खिलखिलाहट है, चिड़ियों की चहचहाहट ही है। इन तीनों की आपस में दोस्ती भी बहुत है। इस दोस्ती का कारण वह भोलेपन और मासूमियतें हैं, जो उम्र बढ़ने के साथ हम से छूटती जाती हैं। इन्हीं के साथ जीवन की अनेक सुंदरताएँ इमसे रूठती जाती हैं। सूरदास की राधा में वह विस्मय जीवित था, वह मासूमियत ज़िंदा थी, तभी तो वह वृक्षों से बात करती और पेड़ उसे सुनते थे। सूरदास ने राधा से कहलवाया है—*मधुवन तुम कित रहत हरे।* फूलों से बच्चों का रिश्ता भी कुछ ऐसा ही है। बहुत पहले एक कहानी पढ़ी थी। कहानी किस विदेशी भाषा की थी यह भी याद नहीं, लेखक का नाम भी ज़ेहन में नहीं। लेकिन कहानी का भाव कुछ यूँ था। एक हरे-भरे बाग़ में, रोज़ दोपहर को जब बाग़ का माली खा-पी कर सोता था, तब बच्चे वहाँ घुस कर खेलते थे, डालों पर झूलते थे, पक्षियों की आवाज़ में आवाज़ मिलाते थे, फूलों के साथ मुस्कराते थे। एक दिन बच्चों,

फूल और पंछियों के खेल की आवाज़ों से माली की आँख खुल जाती है। वह डरा-धमका के बच्चों को भगा देता है और जिस दीवार की खिड़की से बच्चे बाग़ में आते थे, उसे बंद कर देता है। बच्चों का आना बंद हो गया लेकिन उसे देखकर आश्चर्य हुआ, अब न बाग़ में फूल मुस्कुराते थे, न परिंदे चहचहाते थे और न दरख़्त लहराते थे। एक-दो दिन उसने पेड़ों को पानी पिलाया, परिंदों को रिझाने को दाने डाले, मगर न परिंदों ने गाना सुनाया न पेड़ों ने फूलों को हँसने का हुक्म सुनाया। मजबूर होकर उसने खिड़की खोल दी और बच्चों के आते ही सब कुछ पहले जैसा हो गया। कहते हैं चंडीगढ़ के ज्यादा पेड़ विदेशी हैं। उन्हें बाहर से लाकर यहाँ उगाया गया है। यह हरे-भरे तो हैं, छाया भी देते हैं, लेकिन अपने देशों के परिंदों और बच्चों से दूर होने के विद्रोह में इन्होंने फूल देना छोड़ दिया है। मैंने सऊदी अरब के शहर जद्दा में एक हिंदुस्तानी के घर में एक नीम का पेड़ देखा था। भारत से कोसों दूर नीम को देखकर मुझे ऐसी ही खुशी हुई जैसी परदेस में अपने किसी देशवासी से मिलकर होती है। मगर यह देखकर ज़रूर ताज्जुब हुआ कि वह नीम होते हुए भी हमारे नीमों जैसा न लंबा-चौड़ा है न उसकी शाखें आकाश से बातें करती हैं। वह बड़ी उम्र का था। लेकिन उम्र के हिसाब से न उसकी लंबाई थी न चौड़ाई। शाखें भी ऊपर जाने के बजाए नीचे झुकी हुई थीं। मैंने उसे देखकर मालिक मकान से पूछा, क्या बात है, यह नीम इतना दुखी और बीमार-सा क्यों है? उन्होंने जवाब में कहा भाई मैं यहाँ खजूरों के देश में बहुत अकेला महसूस करता था। कुछ साल पहले लखनऊ गया, तो वहाँ से अपने आँगन के नीम की क़लम ले आया। बड़ी मेहनत से इसे पाल-पोस कर बड़ा किया, मगर मेरी तन्हाई में मेरा साथ देने के बजाए यह अपनी बीमारी से मुझे और अकेला करने लगा है। मैंने कहा था—रशीद साहब जिस तरह आप अपने बच्चों से दूर होकर तन्हा महसूस करते हैं, यह बेचारा भी अपने साथ खेलने वाले बच्चों की ग़ैर-मौजूदगी से परेशान है। इसकी दूसरी परेशानी यह है कि जो भाषा यह सदियों से बोलता और सुनता आया है, उसे जानने और समझने वाला यहाँ कोई नहीं

है। यह हिंदुस्तानी सुनता और बोलता है और यहाँ की राष्ट्रभाषा अरबी है। जाने-अनजाने बच्चों से दोस्ती करना, उन्हें इकट्ठा करके टॉफियाँ बाँटना मेरी पुरानी हॉबी है। इसे मैं अपनी रोज़ की पूजा मानता हूँ। मुझे याद है, बचपन में मेरी माँ परीक्षा के दिनों में हर रोज़ एक चवन्नी दिया करती थी। इस चव्वनी से मैं अपने स्कूल के रास्ते में शिव मंदिर के सामने बैठे चिड़ीमारों के पिंजरों से, चिड़ियाँ आज़ाद करवा के आकाश में उड़ाता था। माँ कहती थी, चिड़ियाँ आज़ाद होकर दुआ देंगी और यह दुआ परीक्षा में सहायता करेगी। बच्चा शुरू से मेरी कविताओं का विषय रहा है। इसको नई-नई तरह से मैंने दर्शाया है, दो दोहे याद आ रहे हैं–

जादू टोना रोज़ का बच्चों का व्यवहार,
छोटी सी इक गेंद में, भर दें सब संसार,
बच्चा बोला देखकर मस्जिद आलीशान
अल्ला तेरे एक को इतना बड़ा मकान।

कुछ दिन पहले मुझे पाकिस्तान के एक मुशायरे में बुलाया गया था। वहाँ मैंने और कविताओं के साथ, एक ग़ज़ल भी सुनाई, जिसके दो शेर यूँ थे–

अपना ग़म लेकर कहीं और न जाया जाए
घर में बिखरी हुई चीज़ों को सजाया जाए
घर से मस्जिद है बहुत दूर, चलो यूँ कर लें
किसी रोते हुए बच्चे को हँसाया जाए

मुशायरा समाप्त होने के बाद मैं नीचे उतरा, तो तीन-चार काली सफ़ेद दाढ़ियों ने मुझे घेर लिया। वे मस्जिद वाले शेर से नाराज़ थे और पूछ रहे थे–आप कहना क्या चाहते हैं? क्या बच्चा मस्जिद से बड़ा है? उनके नाराज़ सवालों पर मेरा जवाब था, यह तो मुझे नहीं मालूम बड़ा कौन है और छोटा कौन है, लेकिन मैं इतना ज़रूर जानता हूँ मस्जिद को खुदा के लिए इंसान के हाथ बनाते हैं और बच्चे को अपने लिए खुदा के हाथ सजाते हैं, यह शेर एक गीत

के गुखड़े के रूप में महेश भट्ट की फिल्म 'तमन्ना' में भी शामिल है। पिछले दिनों इंडिया टीवी के लिए महेश भट्ट ने ही दिल्ली की जामा मस्जिद में मेरा इंटरव्यू लिया। वहाँ मैंने शेर सुनाया था–

काम तो है ज़मीं पर बहुत, आसमाँ पर खुदा किसलिए।

खुदा के करने के जो काम मेरे ज़ेहन में थे, उनमें अहम काम बच्चों की हिफ़ाज़त था, जो मुसलसल इराक़, अफ़ग़ानिस्तान, दिल्ली, गुजरात में मारे गए या मारे जा रहे हैं। एक बच्चे को तो गुजरात में पैदा होने से पहले ही, माँ के पेट से निकाल कर मारा गया। इस दुर्घटना पर विपक्ष को जवाब देते हुए उन दिनों की हुकूमत के एक मंत्री ने कहा था–इस पर इतना शोर क्यों मचाया जा रहा है। ऐसा तो अक्सर हुआ है। यह अजन्मे बच्चे की मौत पर राजनीति का बयान था। परंतु गर्भवती कौसर बानो के अजन्मे शिशु की मृत्यु एक कवि के लिए इतनी साधारण घटना नहीं थी। अंशु मालवीय ने इस ग़म को यूँ लिखा है–

मैं कभी नहीं जन्मी अम्माँ/अस्पताल में रंगीन पानियों में रखे हुए अजन्मे बच्चों की तरह/मैं अमर हो गई अम्माँ इस गीली आग में मुझे कब तक जलना होगा।

बच्चों की अपनी दुनिया होती है। हिंसा और बारूद से कटी-फटी दुनिया में ही उनकी भी अपनी दुनिया होती है। मेरा एक शेर है–

ऐ शाम के फ़रिश्तो ज़रा देख के चलो
बच्चों ने साहिलों पर घरौंदे बनाए हैं।

एक बार मैं यूएसए के एक शहर फिलेडेलफिया के स्टेशन के बाहर खड़ा था। मैंने जैसे ही पैकेट से सिगरेट निकालकर सुलगाई, एक लंबे-चौड़े ब्लैक अमेरिकन ने झपट्टा मार कर मेरे हाथ से पैकेट छीन लिया और आगे बढ़ गया। मैं ख़ामोशी से उसे जाते देखता रहा। मेरे दोस्त ने मुझसे कहा, यह भी अमेरिका का एक रूप है, आइंदा से जब भी बाहर जाया करो एक 10 डालर का नोट, ऐसे लोगों के लिए रख लिया करो। नहीं तो हो सकता है कोई ख़तरा

ज़्यादा नुक़सान दे। इसी फिलेडेलफिया के रेलवे स्टेशन पर अमेरिका का दूसरा रूप भी देखा। मैं एक कोने में खड़ा ट्रेन का इंतज़ार कर रहा था कि अचानक मुझे देखकर अपनी माँ की उँगली छोड़ एक बच्चा मेरे पास आया और पूछा–अंकल आप कहाँ के हैं? मैंने कहा–'इंडियन'! इतना सुनकर उसने बोला–'आई लव इंडिया'! और यह कहकर मुस्कराता हुआ अपनी माँ की तरफ भाग गया।

बच्चों के छोटे हाथों को चाँद सितारे छूने दो
चार किताबें पढ़कर यह भी हम जैसे हो जाएँगे।

जवानी की मौज, आई, उट्ठी और उतर गई

जवानी आती है, लेकिन आकर चली जाती है, यही जीवन का दुख है; जिसको बहलाने के लिए आए दिन पत्र-पत्रिकाओं में विज्ञापन प्रकाशित होते हैं। मेडिकल साइंस नए-नए कैप्सूल्स को प्रचारित करता है। इन देशी और विदेशी तरकीबों से रूठी हुई जवानी को कुछ देर के लिए ही सही, बहला-फुसलाकर वापस तो बुला लिया जाता है, उसके आने का जश्न भी मना लिया जाता है, मगर कभी-कभी यह जश्न महँगा भी पड़ता है। फ्रांस के एक गाँव की ख़बर के अनुसार, एक बार 80 बरस के एक बुज़ुर्ग ने ऐसे ही किसी प्रचारित कैप्सूल की खिड़की से एक दिन झाँका, तो उसे महसूस हुआ, उसके घर में जो उसी की उम्र की बुढ़िया रहती है और जो उसके कई अधेड़ उम्र के लड़के-लड़कियों की माँ थी, अचानक दुनिया की हसीन-तरीन औरत बन गई। पहले तो वह इसे जागती आँखों का सपना समझा, लेकिन जब उसने क़रीब से उसे छूकर देखा, तो उसके हुस्न पर और विश्वास आने लगा, और यह विश्वास उसके अंदर वर्षों से सोए हुए प्यार को जगाने लगा। इस प्यार के नतीजे में पति को क़ब्रिस्तान जाना पड़ा।

फ़ैज़ अहमद फ़ैज़ का एक शेर इन दो मुहब्बत करने वालों पर कितना पूरा उतरता है–

दोनों जहान तेरी मुहब्बत में हार के
वह जा रहा है, कोई शबे-ग़म गुज़ार के

जवानी कुदरत की अनमोल नेमत होती है, यह जब तक जिसके साथ रहती है, बेशक़ीमत होती है, लेकिन जब यह दूर चली जाती है तो इसकी वापसी, गरीबी में किसी मेहमान के आने की तरह मुसीबत भी होती है। ज़ोर-ज़बरदस्ती के बजाए जब यह उम्र के एक हिस्से में अपनी तरह आती है, तो जगह-जगह जादू जगाती है। कभी यह लैला बन कर मजनूँ को दीवाना बनाती है, कभी क्लियोपेट्रा बन मैदाने जंग सजाती है, कभी यूसुफ चक (मुगल सम्राट अकबर के युग में कश्मीर का बादशाह) बनकर एक गाँव की लड़की हब्बा ख़ातून को मल्लिका बनाकर तख़्त पर बिठाती है, कभी यह इश्क़ बन कर इंग्लैंड के ताज को ठुकराती है। यही किसी नर्तकी के घुँघरुओं में छुपकर गोलकुंडा के बादशाह कुली कुतुब शाह को, ग़ज़ल का पहला शायर बनाती है, यही जहाँगीर की आँखें बनकर, रेगिस्तान में फेंकी गई, एक बेसहारा लड़की को नूरजहाँ बनाकर तख़्ते-ताऊस पर बिठाती है। दुनिया में मुहब्बत की हर बड़ी दास्तान, जवानी की कहानी को ही बार-बार दोहराती है। कविता हो या चित्रकारी, कोई भी फ़नकारी हो, उम्र के इसी हिस्से में जादू जगाती है।

जाँनिसार अख़्तर ने एक बार जवानी को परिभाषित करते हुए कहा था, जवानी उसे कहते हैं जिसमें हर लड़की हसीन नज़र आए। जब नज़र में अच्छी-बुरी का फ़र्क़ आने लगे, तो समझो यह जाने वाली है या जा चुकी है। जोश मलीहाबादी इस फ़र्क़ से वाक़िफ़ थे, इसीलिए उन्होंने एक कविता की अंतिम पंक्तियों में लिखा था—

महतरानी हो कि रानी गुनगुनाएगी ज़रूर
कोई आलम हो जवानी गीत गाएगी ज़रूर

फ़िराक़ गोरखपुरी भी अपनी ग़ज़लों में जिस प्रेमिका को चित्रित करते रहे हैं, उसकी उम्र कभी जवानी के महदूद दायरे से बाहर नहीं निकलती। उन्होंने अपने आपका बूढ़ा होना तो जैसे-तैसे स्वीकार

कर लिया, लेकिन अपनी प्रेमिका को 16 से 25 के सौंदर्य से बाहर आने की इजाज़त नहीं दी।

वह हमेशा सुर्ख़ गुलाबी गाल, काली घटाओं से बाल और सुडौल बदन के जमाल के आकर्षण से ही शायर से ग़ज़ल लिखवाती रही और पाठकों को रिझाती रही। फ़िराक़ की रुबाइयों में नारी का बदला हुआ रूप-रंग तो मिलता है। वह बहन भी बन जाती है, बच्चे का हिंडोला भी हिलाती है, रसोई में बर्तनों को भी खनखनाती है, लेकिन उम्र उसकी वही रहती है, जो ग़ज़ल में नज़र आती है। फ़िराक़ की प्रेमिका की एक तस्वीर देखिए–

जरा विसाल[1] के बाद आईना तो देख ऐ दोस्त
तेरे जमाल की दोशीज़गी[2] निखर आई

फ़िराक़ ने बढ़ती उम्र में चढ़ती जवानी को यूँ याद किया है–

नींद भी, रात भी, कहानी भी,
हाय क्या चीज़ थी जवानी भी

सरदार जाफ़री को ज्ञानपीठ मिलने के बाद, दूरदर्शन ने उनसे इंटरव्यू लेने के लिए मेरा चयन किया था। मेरा पहला सवाल था, उम्र के साथ महबूबा और आशिक़ दोनों पहले जवान होते हैं, फिर बूढ़े होते हैं, लेकिन शायरी में महबूबा सदा जवान क्यों रहती है, वह भी आशिक़ के साथ बूढ़ी क्यों नहीं होती है?

जाफ़री ने मेरे प्रश्न के जवाब में जिगर मुरादाबादी का एक शेर ज़रूर पढ़ा, मगर उन्हें अपनी शायरी से कोई मिसाल नहीं सूझी। जिगर का शेर था–

गुदाज़े इश्क़[3] नहीं कम, जो मैं जवाँ न रहा
वही है आग मगर, आग में धुआँ न रहा।

जिगर का यह शेर उनके उस दौर का था, जब वह शराब

---

1. विसाल=मिलन 2. दोशीज़गी=कुँआरापन 3. गुदाज़े इश्क़=इश्क़ की गर्मी

से दूर हो चुके थे। शराब की वजह से, पत्नी ने उनसे तलाक़ ले लिया था। शराब छोड़ने के बाद, उसी तलाक़शुदा पत्नी 'नसीम' से फिर शादी की। उस वक़्त जिगर की उम्र पचास से गुज़र कर साठवीं दहाई में दाखि़ल हो चुकी थी। उनके साथ नसीम भी आईने में अपने सर के सफेद बाल गिनने लगी थी। जिगर साहब का इश्क़, काव्य संसार में एक अपवाद के रूप में पेश किया जा सकता है। वर्ना हर कवि/शायर प्रेमिका के यौवन का ही जश्न मनाता नज़र आता है। दाग़ साहब का काफ़ी मशहूर शेर है–

इक अदा मस्ताना सर से पाँव तक छाई हुई,
उफ़ तिरी काफ़िर जवानी, जोश पर आई हुई

मौलाना हसरत, जिनके चेहरे की घनी दाढ़ी को राजनीति ने कब का काली से सफ़ेद कर दिया था, उनकी महबूबा की उम्र भी उनकी उम्र के साथ आगे नहीं बढ़ी। उनकी महबूबा की तस्वीर उनकी ग़ज़ल में ग़ज़ल सिंगर गुलाम अली ने यूँ पेश की है।

चुपके-चुपके रात दिन आँसू बहाना याद है
हमको अब तक आशिक़ी का वह ज़माना याद है।

एक बार महबूब स्टूडियो में शूटिंग चल रही थी। सेट पर बुज़ुर्ग अदाकार जयराज थे, नीतू सिंह भी थीं और साथ में उनकी माँ भी। मैं जयराज के साथ बैठा हुआ कैमरे के सामने नीतू सिंह को डांस करते देख रहा था और जयराज जी मेरे चेहरे को ग़ौर से देख रहे थे। शॉट ख़त्म होने के बाद, उन्होंने पान की गिलौरी मुँह में रखते हुए मुझसे पूछा, किसको देख रहे थे। मैंने संजीदगी से नीतू की तरफ इशारा किया। वह मेरा जवाब सुनकर मुस्कुराए और फिर सोचते हुए बोले.....'एक बात कहूँ।' मैंने अदब से कहा–फ़र्माइए! उन्होंने धीमे से कहा–'मियाँ, जब भी किसी जवान लड़की की तरफ देखा करो, तो यह ज़रूर सोचा करो कि वह कुछ साल बाद क़ैसी दिखेगी।'

मैंने पूछा–क्या मतलब?

उन्होंने जवाब में नीतू की माँ की तरफ इशारा किया, जो बदन

से काफी मोटी और चेहरे से काफी वृद्ध लग रही थीं। रात भीगने लगी थी, घड़ी देखते हुए उन्होंने फिर मुझसे मुख़ातिब हो कहा—इतनी रात हो गई साहबज़ादे, घर जाने का मूड नहीं रहा? मैंने जवाब में उनसे पूछा—बुजुर्गवार, आप क्यों नहीं जा रहे? उन्होंने बताया—मेरी बात अलग है।

वह कैसे, मैंने आश्चर्य से पूछा! वह बोले—साहबज़ादे, जब जवान थे हम तो देर में घर जाते थे तो घर में लड़ाई होती थी। अब यह आलम है कि जल्दी जाओ, तो लड़ाई होती है और यह कहकर पहले थोड़ा ख़ामोश हुए, फिर क़हक़हा मारकर हँसने लगे। उनके चेहरे पर क़हक़हा फैलते देखा, तो मुझे दुआ साहब की एक रुबाई याद गई—

क्या कहिए कितनी जल्द जवानी गुज़र गई
अब ढूँढ़ता हूँ मैं किधर आई किधर गई
मैं सिर्फ़ इसकी इतनी हक़ीक़त समझ सका
इक मौज थी, जो आई, उट्ठी और उतर गई

होने में नहीं होता इरादा अपना

फिल्म 'शोले' के गब्बर सिंह को कौन नहीं जानता। सिने जगत में यूँ तो अनेक पात्रों ने अपने-अपने युग में चमत्कार दिखाया है, 'मिर्ज़ा ग़ालिब' में भारत भूषण, 'देवदास' में दिलीप कुमार, 'तीसरी क़सम' में राज कपूर, 'प्यासा' में गुरुदत्त की कभी न भूलने वाली भूमिकाएँ हैं। समय के साथ बहुत कुछ पुराना हो जाता है, लेकिन जो वक़्त के साथ पुराना नहीं हो पाता, वह पुस्तक के रूप में हो या फिल्म के कैरेक्टर की सूरत में, उसे क्लासिक का दर्जा प्राप्त हो जाता है। 'शोले' में गब्बर सिंह की भूमिका में अमजद ख़ान ऐसा ही किरदार है। इसके साथ अगर कोई दूसरा फिल्मी चेहरा रखा जा सकता है, तो वह सिर्फ अकबर के रूप में पृथ्वीराज हो सकते हैं। यूँ तो हर अच्छी फिल्म में कोई-न-कोई जानदार कैरेक्टर नज़र आ जाता है, लेकिन 'मुग़ले आज़म' का अकबर और 'शोले' का गब्बर सिंह, अपनी मिसाल आप हैं। पृथ्वीराज के बाद बहुत से अकबर बनाए गए, अमजद ख़ान के बाद भी कई गब्बर सिंह दिखाए गए, मगर इनमें से किसी में पहले जैसी बात पैदा नहीं हो सकी।

साहित्य अकादमी, दिल्ली जब किसी लेखक को पुरस्कृत करती है, तो पुरस्कार लेते समय, इनाम लेने वाले को एक पेपर भी पढ़ना पड़ता है। मेरे पेपर का पहला वाक्य यूँ था—रचना चमत्कार होती है जिस पर मानव अधिकार नहीं होता, अगर यह मानव अधिकार में होता तो कोई रचनाकार अपनी मर्ज़ी से दूसरे दर्जे का बनना पसंद

नहीं करता। यह चमत्कार कहीं-कहीं और कभी-कभी ही किसी पर उतरता है। ग़ालिब की ग़ज़ल, भीमसेन जोशी की लयकारी, टैगोर की कविता, लता मंगेशकर की आवाज़ आदि ऐसे ही चमत्कार हैं। कोशिश सब करते हैं, मेहनत सब करते हैं, लेकिन कुदरत सब पर एक जैसी मेहरबान नहीं होती। मेरा एक शेर है–

यूँ ही होता है वो खूबी जो है हम से मशहूर
उसके होने में नहीं होता इरादा अपना।

'शोले' में अमिताभ भी थे, धर्मेंद्र भी थे, इन दोनों मँजे हुए कलाकारों की तुलना में अमजद नए एक्टर थे। उनके पास केवल अपने पिता जयंत की विरासत, अपने बड़े भाई इम्तियाज़ की शोहरत और अपनी दर्शनशास्त्र में एम.ए. की डिग्री की ज़हानत थी। इन तीनों विशेषताओं ने भी अँधेरे के दिनों में उनका साथ कम दिया, ग़म ज़्यादा दिए। लेकिन जब वह 'शोले' की चयन परीक्षा में कामयाब हो गए, तो वह फिल्म के जरूरी अंग बन गए और फिल्म रिलीज होने के बाद, दर्शकों ने इसकी भारी सफलता का ताज अमजद ख़ान के सर पर ही रखा। यह सिने जगत के इतिहास की पहली फिल्म थी, जिसने न केवल बॉक्स ऑफिस का नया रिकॉर्ड क़ायम किया, इसके संवादों के कैसेट भी बने और उन्होंने भी पूरे देश में हंगामा मचाया। इन कैसेट्स की लोकप्रियता में अमजद की आवाज़ में संवादों का आकर्षण ख़ास था। रिलीज़ होने से पहले, इस फिल्म के स्टाफ में अमजद की यही आवाज़ काफी विवाद का विषय बनी हुई थी। उनकी आवाज़ क्योंकि उन दिनों की आम फिल्मी आवाज़ों से मुख़्तलिफ़ और नई थी, इसलिए स्टाफ में शामिल कई लोग चाहते थे, गब्बर के कैरेक्टर के लिए किसी दूसरी भारी-भरकम आवाज़ का इस्तेमाल किया जाए। वे उसके सारे संवादों को दूसरी आवाज़ में डब कराने के पक्ष में थे। यह विवाद कई दिन चला। अमजद उदास थे, पर नए थे। वे लोग जो उनकी आवाज़ के विरोध में थे, उनके क्रेडिट में कई सफल फिल्में थीं। लेकिन कुदरत अपना निर्णय ले चुकी थी। इतिहास गढ़ा जा चुका था और फिल्म अमजद की आवाज़

के साथ ही सिनेमाघरों में लगी। कभी-कभी कोई फिल्म किसी एक्टर की भूमिका की वजह से भी दर्शकों के दिल में उतर जाती है। कहा जा सकता है, अगर अमजद की जगह इसी भूमिका के लिए किसी और कलाकार को लिया जाता, तो 'शोले' को इतनी कामयाबी नहीं मिलती। अमजद, गब्बर सिंह के लिए बने थे और गब्बर, अमजद के लिए। अमजद से जब भी उनकी इस सफलता के बारे में पूछा जाता, तो वह आग़ा हश्र का वह शेर सुनाते थे, जो महबूब ख़ान के बैनर पर हमेशा इस्तेमाल होता था–

मुद्दई लाख बुरा चाहे तो क्या होता है,
वही होता है जो मंज़ूरे ख़ुदा होता है।

अमजद के लिए यह सफलता ख़ुदा की ज़ात पर उनके विश्वास की देन थी। उनका यह विश्वास जुमे की साप्ताहिक नमाज़ तक ही सीमित था। इस आस्था पर वह किसी प्रकार की आलोचना बर्दाश्त नहीं करते थे। एक बार कॉमरेड एक्टर ए. के. हंगल, जो धर्म को अफ़ीम का नशा और ख़ुदा को गरीबों का शोषण करने का पूँजीपतियों का एक हथियार मानते थे, अमजद की आस्था को नकार रहे थे। थोड़ी देरी तक तो वह ख़ामोश रहे, मगर जब हंगल साहब ही दलीलें हद से आगे बढ़ने लगीं, तो वह अचानक फिल्म 'दादा' के नर्मदिल हीरो से गब्बर सिंह बन गए, और इस तब्दीली से बने बनाए सेट पर कई घंटे शूटिंग रुकी रही। शूटिंग रुकने से निर्माता का नुकसान हो रहा था और पठान अपने ख़ुदा की शान के साथ, अलग एक कोने में पूरी आन-बान के साथ चाय पी रहे थे। जब अमजद का गुस्सा कम होने में नहीं आया, तो निर्माता के कहने पर ख़ुद ए. के. हंगल उठकर अमजद के सामने गए और उसकी नाराज़गी को बहलाने के लिए एक मशहूर शेर सुनाने लगे–

फ़ानूस बनके जिस की हिफ़ाज़त हवा करे
वो शमा क्या बुझे जिसे रोशन ख़ुदा करे।

इस शेर को सुनते ही अमजद का गुस्सा मुस्कुराहट में बदलने

लगा, और वह हंगल साहब से कहने लगे...बुजुर्गवार! खुदा था, है और रहेगा। हम-आप आते रहेंगे, जाते रहेंगे, आइए शूटिंग करें।

इटली में एक देवता जेनस नाम से है, इसका मंदिर रोम में है। इस देवता के दो चेहरे हैं, एक चेहरे से वह रोता हुआ दिखाई देता है, दूसरे चेहरे से हँसता हुआ नज़र आता है। मैंने एक गीत का मुखड़ा इसी देवता से प्रेरणा लेकर लिखा था–

जीवन क्या है चलता-फिरता एक
खिलौना है
दो आँखों में एक से हँसना, एक
से रोना है।

अमजद की ज़िंदगी में भी आँसू और मुस्कान की बराबर की हिस्सेदारी रही। उन्हें जितनी खुशी मिली थी, उससे कम ग़म नहीं मिले, लेकिन हर स्थिति में उनके मिज़ाज और जीने के अंदाज़ में कोई तब्दीली नहीं आई। जब वह सफलता के शिखर पर थे, मुंबई के एक पिकनिक स्पॉट खंडाला के रास्ते में एक ऐसे जबर्दस्त हादसे का शिकार हुए जिसने लंबे अरसे तक उन्हें बिस्तर से नहीं उठने दिया। इस हादसे में उनके बदन की कई छोटी-बड़ी हड्डियाँ टूट गई थीं, जो बाद में दुरुस्त होने के बावजूद जीवन-भर उनको सताती रहीं और वह मुसलसल पेनकिलर गोलियों से शरीर में घड़ी-घड़ी उठते दर्द को बहलाते रहे। इन गोलियों की वजह से उनका शरीर दिन-ब-दिन बेडौल होता गया। शरीर में पड़ी सलाख़ें कसरत करने से रोकती थीं, बढ़ते हुए मुटापे को फिल्मी भूमिकाएँ टोकती थीं।

अमजद अपनी इस ट्रैजेडी को अपनी किसी ख़ता पर खुदा की सज़ा मानते थे। खुदा को खुश करने के लिए उन्होंने इंसानों को खुश करने का रास्ता अपनाया। एक बैंक में बड़ा-सा फंड उन्होंने ज़रूरतमंदों की मदद के लिए रखा था। इंडस्ट्री से संबंधित कोई व्यक्ति ज़रूरत के वक़्त उनका दरवाज़ा खटखटा सकता था और जरूरत के मुताबिक़ वहाँ से मदद पा सकता था। खंडाला की ट्रैजेडी ने पहले जैसा तो नहीं रखा, इसके बावजूद वह अपनी फिल्में भी बनाते रहे,

दूसरों के चित्रों में अलग-अलग भूमिकाएँ भी निभाते रहे और प्रेमिका-पत्नी के पति तथा तीन बच्चों के बाप होते हुए एक ज़ोरदार इश्क़ भी फ़रमाते रहे। बैठे-बैठे उनकी अचानक मौत पर दूसरे रोने वालों में, गिनती में सबसे ज्यादा आँसू मशहूर डांसर-एक्टर कल्पना अय्यर के थे। अमजद ने अपनी कलात्मक यात्रा स्टेज से शुरू की थी, फिल्मों में आने के बाद भी उनका यह शौक़ जारी था।

एक बार वह पश्चिमी जुहू स्थित पृथ्वी थिएटर में एक ड्रामे के सिलसिले में आए हुए थे। अमजद जितने वक़्त जागते थे या तो सिगरेट पीते थे या चाय के साथ नज़र आते थे। दो बजे के बाद कैंटीन में दूध खत्म हो गया और उन्हें चाय नहीं मिली, तो उन्हें गुस्सा आ गया। उन्होंने जोगेश्वरी से किराए पर दो भैंसें मँगवाकर पृथ्वी की मेन एंट्री पर बँधवा दीं। इन भैंसों के साथ दूध दुहने वाला भी था। भैंसों ने दूध कम दिया, थिएटर ज़्यादा गंदा किया। इस गंदगी को लेकर थिएटर के स्टाफ ने शशि को फोन किया। शशि कपूर भागे-भागे आए और मुस्कुराते हुए अमजद से बोले—'भाई! हमारे बुजुर्ग भी पेशावर से आए थे, लेकिन बंबई ने हमारी पठानी को ख़त्म कर दिया। तुम भी दो नस्लों से बंबई में बसे हुए हो, अब तुम भी पठान से इंसान बन जाओ।'

शशि अमजद के दोस्त थे, उनके संबोधन की स्टाइल पर उन्हें भी हँसी आ गई और भैंसें जहाँ से आई थीं, वहीं चली गईं। अमजद की मौत कुदरत के एक चमत्कार की मौत है, जो कभी-कभी आता है और आने वाले के साथ ही चला जाता है। खुदा था, है और रहेगा।

नज़र भर के देखो असल ज़िंदगी के रंग

मेरा एक शेर है—

बाज़ार, बाग़, बिल्डिंगें सब शहर तो नहीं
कुछ ऐसे वैसे लोगों से याराना चाहिए।

मेरे जीवन की जो अच्छी-बुरी पहचान है और जिसे मैंने अपनी शायरी तथा गद्य बनाया है, वह ज़िंदगी के ताल्लुक़ से मेरे इसी रवैये की देन है। हमारे साहित्य का बड़ा हिस्सा, हर भाषा में, समाज के एक छोटे से मध्यम वर्ग के आगे-पीछे घूमता रहा है। उसी वर्ग की नए-नए पहलुओं से तस्वीरें उतारी गई हैं। इस वर्ग के सीमित दायरे से कभी बाहर झाँका भी गया है, तो मध्यमवर्गीय दृष्टि से ही बाहर के दृश्य को देखा गया है। एक दलित आलोचक का प्रेमचंद की कहानी 'कफ़न' पर यही आरोप था। उसका कहना था कि कफ़न के पात्र पिता घीसू और पुत्र माधो मैयत उठाने के लिए उगाही गई रक़म से, शराब पी कर ही अपने अभावों को क्यों बहलाते हैं। इस समाज के विरोध में अपने क्रोध को क्यों नहीं दर्शाते? प्रेमचंद ने इन पात्रों पर दया खाई है, बदलते युग की वास्तविकता नहीं दिखाई है। मराठी के दलित कवि नामदेव ढसाल की एक कविता की पंक्तियाँ हैं— *'ईश्वर, संसार की देख-रेख को तुझे नियुक्त किया गया था/तूने अपनी जिम्मेदारी नहीं निभाई/इसलिए तेरी सेवाएँ स्थगित की जाती हैं।'*

बंबई में मेरे संघर्ष के दिनों ने मुझे कुछ ऐसे किरदारों के क़रीब कर दिया था, जो किताबों की हदों से बाहर की सरहदों में सोते-जागते हैं। उनके आपसी रिश्ते और सोच-विचार एक ही दुनिया में किसी नई दुनिया की यात्रा के समान होते हैं। एक़ लतीफ़ मियाँ थे। उनका घर माहिम में मख़दूम शाह की दरगाह के सामने वाला फुटपाथ था। वह अकेले थे, लेकिन उनका ख़ानदान काफी लंबा-चौड़ा था। इसमें भाई-भतीजे, चाचा-चाची, मामा-मामी सभी थे। इनमें एक रम्ना भी थी, थोड़ी लंगड़ी, जो हर समय उन्हीं के साथ घूमती नज़र आती थी। एक रात उसी फुटपाथ के एक अकेले कोने में, रम्ना उन्हें तेज़ बरसात में भीगती मिली थी। उस रात अपना टूटी कमानियों वाला छाता उसे देकर, वह खुद भी भीग लिए थे। जब सवेरा हुआ और धूप खिली, तो सबने देखा, एक जान के लतीफ़ मियाँ अब तीन जान बन चुके थे। एक वह, दूसरी रम्ना और तीसरा रम्ना का पोलियो का शिकार पाँच वर्षीय राजा। बाद में इस परिवार में एक आधे काले, आधे सफेद कुत्ते का भी इज़ाफ़ा हो गया था। मेरी मुलाक़ात लतीफ़ मियाँ से एक दोपहर में उस समय हुई, जब वह रम्ना को हल्के-हल्के हाथों से मार रहे थे और रम्ना भारी-भारी गालियों से उनकी इज़्ज़त उतार रही थी। मैंने उन दोनों का बीच-बचाव कराया, तो मालूम हुआ इस झगड़े का कारण वह चरस की पुड़िया थी, जो रम्ना ने ज़मीन पर फेंक कर पैरों से मसल दी थी। पहली मुलाक़ात के बाद ही रम्ना लतीफ़ मियाँ की बरसों की साथी चरस को अपनी सौतन समझने लगी थी। लतीफ़ मियाँ मुझसे कह रहे थे—'यह साली मेरी होती कौन है जो मुझे चरस पीने से रोकती है?' रम्ना इसके जवाब में मुझसे कह रही थी—'मैं कोई नहीं होती तो इससे पूछो, राजा को फुटपाथ के स्कूल में डाला, तो अपने को उसका पिता क्यों बताया? मेरे बेटे का पिता हुआ तो मेरा कौन हुआ?... पूछो. ..साला अल्लाह की नमाज़ पढ़ता है और सैतान का नशा करता है।' फिर रोते हुए बोली—'सच बोलती हूँ, यह राजा के हरामी बाप रामू जैसा नहीं है, अच्छा आदमी है, मगर इसकी चरस मुझे नहीं भाती। खाँस-खाँस के मर जाएगा साला.... ।' लतीफ़ मियाँ की गुस्से भरी आँखों में धीमी मुस्कुराहट लहराई और उन्होंने मुझसे कहा—'साहब जी, तुम्हारे

कहने से झगड़ा खत्म किया है, तो चाय-पानी को थोड़ा देते भी जाओ।' मैंने उनके हाथ में दस का नोट रख दिया। मैं उस जमाने में बांद्रा के एक गेस्ट हाउस के एक पलंग पर रहता था। लेकिन शाम को खाने के लिए, रोज़ माहिम में ही अज़ीज़िया होटल जाता था। अज़ीज़िया होटल के सामने बहुत से फ़क़ीर कई क़तारों में बैठे रहते थे। इन फ़क़ीरों की पहली क़तार में हमेशा लतीफ़ मियाँ बरसों पुरानी पारसी टोपी पहने और हाथ में एक लकड़ी लिए बैठे नज़र आते थे। खाते-पीते लोगों में जब किसी की मुराद पूरी होती थी या जब इन जैसा ही कोई किसी काम में सफलता की तलाश में इधर आता था, तो कुछ रक़म होटल के काउंटर पर छोड़ जाता था। होटल वाला, इस रक़म के हिसाब से, प्लास्टिक के कुछ सिक्के जो गिनती में कभी पाँच, कभी दस और कभी पंद्रह या बीस होते थे, लतीफ़ मियाँ को बुलाकर दे देता था। लतीफ़ मियाँ सिक्कों के हिसाब से कुछ फ़क़ीरों को अलग कर देते थे। हर सिक्के में दो तंदूरी रोटियाँ और एक चमचा दाल होती थी। अल्लाह खाते-पीते लोगों को दिन में कई-कई बार किसी-न-किसी बहाने इधर बुलाता था और इस तरह भूखों को खाना खिलाता था।

इस तरह के भिखारियों की क़तारें शहर में कई जगह लगती हैं। माहिम में दरगाह के सामने, वरली में सिद्धि विनायक मंदिर के सामने, समंदर के बीच बनी हाजी अली के मज़ार के रास्ते में, खार डांडा में पीपल के नीचे हनुमान मंदिर के सामने। धर्मस्थल अलग-अनग आस्थाओं के प्रतीक होते हैं, लेकिन उनके नामों से भीख माँगने वाले एक धर्म को ही जानते हैं और अपने ईश्वर या खुदा को दो तंदूरी और एक चमचा दाल के रूप में पहचानते हैं।

मेरे एक दोस्त सागर भगत ने एक फिल्म बनाई थी। फिल्म का नाम था 'बेपनाह'। इस मल्टी स्टार फिल्म में संगीत ख़य्याम का था और गीत मैंने लिखे थे। निर्देशन जगदीश सिंघानिया का था, जिन्होंने फिल्म के बॉक्स ऑफिस पर नाकाम होने के बाद फिल्म अभिनेत्री पद्मा खन्ना से शादी कर ली थी। दोनों एक-दूसरे की ज़रूरत बन गए थे। जगदीश से, फिल्म के असफल होने के बाद, इंडस्ट्री मुँह मोड़ रही थी और पद्मा जी का साथ उम्र छोड़ रही थी।

सागर भगत की यह पहली फिल्म थी। हर निर्माता की तरह वह भी इसे कामयाब देखना चाहते थे। वह खुद नास्तिक थे, लेकिन फिल्म को रिलीज़ से पहले, वह हर धर्म की चौखट पर सर झुका रहे थे और फिल्म की सफलता के लिए चढ़ावे चढ़ा रहे थे। किसी ने उन्हें माहिम में फ़क़ीरों को खाना खिलाने की सलाह दी। इस सलाह को मानकर, उन्होंने भिंडी बाज़ार से मशहूर बावर्ची बुलवाए और अपनी निगरानी में असली घी में चिकन बिरयानी की देग पकवाई। देग से ऐसी खुशबू आ रही थी कि पेट भरे को भी भूख लगने लगे। पकी हुई देग को प्रॉडक्शन वैन में रख कर माहिम लाया गया। मैं भी सागर भगत के साथ था, मैंने उतरते ही लतीफ़ मियाँ से संजीदगी से कहा—लतीफ़ भाई जितने भी फ़क़ीर हैं, इन्हें ढंग से बिठा दो। वैन से उतरती देग को देखते हुए उसने पूछा—'ढंग से तो बाद में बैठेंगे, पहले यह बताओ, खिलाने को लाए क्या हो?' उसके सवाल जवाब में निर्माता ने सर ऊँचा करते हुए शान से कहा—चिकन बिरयानी है—असली घी की। चिकन और असली घी का उस पर कुछ असर नहीं हुआ...उसने अपने तीखे लहजे में कहा—बिरयानी बहुत हो चुकी...अब तो पेट में सिर्फ मीठे की गुंजाइश है, कुछ मीठा-वीठा लाए हो तो बोलो...

मैंने उसके तेवर देखे तो गुस्से से कहा—क्या बकवास कर रहे हो—देग-भर बिरयानी है...तुम नहीं लोगे तो इसका क्या होगा...उसने धीमे से कहा—वही होता है जो मंजूरे खुदा होता है....और फिर आँखें निकालकर बोला—साहब आपकी मन्नत का खाना है और हमें रोज़ यहीं हाथ फैलाना है—बीमार होकर अस्पताल नहीं जाना है...

निर्माता अजीब उलझन में था...उसने मुझे पास बुलाकर लतीफ़ मियाँ की अकड़ को कुछ ले-देकर नर्म करने को कहा...बात मेरी समझ में आ गई...लतीफ मियाँ को पाँच सौ रुपए और उसके बाद फ़क़ीरों के बर्तन बिरयानी के लिए खुले...पता नहीं हमने गरीबों को दान दिया या गरीबों ने हम पर अहसान किया...दाग़ साहब का शेर है।

दिल ले के मुफ़्त कहते हो कुछ काम का नहीं
उल्टी शिकायतें हुईं एहसान तो गया...

वीराने में टहलती यादों की परछाइयाँ

एक थी 'परछाइयाँ'। साहिर लुधियानवी अपने युग के सबसे ज़्यादा मशहूर और मालदार शायर थे। उनके दो संग्रह थे, एक का नाम 'तल्ख़ियाँ' था, दूसरे का नाम 'आओ कि कोई ख़्वाब बुनें'। साहिर की शोहरत और दौलत से जलने वालों की भी कमी नहीं थी, इन्हीं में से किसी एक शायर ने उनके दूसरे संकलन पर व्यंग्य किया था–

दिन रात फिल्म वालों से होते हैं राबते,
आओ कि कोई ख्वाब बुनें, किसके वास्ते?

साहिर बुनियादी तौर पर प्रगतिशील विचारधारा के शायर थे, इसी विचारधारा के कारण, उन्हें लुधियाना कॉलेज से निकाला गया, और इन्हीं विचारों की वजह से उन्होंने अपने जागीरदार पिता की विरासत से बग़ावत की थी। बाद में दोनों ने उनकी शोहरत में अपनी हिस्सेदारी क़ायम करने के लिए उनसे रिश्तेदारी भी जोड़ी। लुधियाना कॉलेज ने उनकी बाग़ियाना शायरी का जश्न मनाया, और जागीरदार पिता ने जीवन में रूठे हुए बेटे को अपनी वसीयत में अपनी सारी जायदाद का वारिस बनाया। साहिर ने लुधियाना कॉलेज को तो स्वीकार किया, लेकिन पिता की ज़मींदारी का हक़दार बनने से इनकार किया। साहिर के मिज़ाज में जो टेढ़ थी, वह उनके बचपन के माहौल की देन थी।

साहिर के दो संकलनों, 'तल्ख़ियाँ' और 'आओ कि कोई ख़्वाब

बुनें' के बीच में एक और किताब भी प्रकाशित हुई थी। इसका नाम उन्होंने 'परछाइयाँ' रखा था। 'परछाइयाँ' अपने दौर की काफी लोकप्रिय रचना थी। साहिर ने जब जुहू के इलाके में कई बड़े-बड़े फ्लैटों की एक तीन मंज़िला बिल्डिंग बनवाई, तो उसको इसी पुस्तक का नाम दिया था। साहिर की बिल्डिंग 'परछाइयाँ', पाँच सितारा होटल 'हॉलीडे इन' के सामने आज भी वैसी ही खड़ी है, लेकिन उसके नाम के अक्षर, कई बरसातों का पानी दीवार से धो चुका है। उसके फ्लैटों पर किराएदारों ने क़ब्ज़ा कर लिया है। एक की मालिक फिल्म 'दस्तक' की हीरोइन रेहाना सुल्तान बन गई हैं। दूसरे पर यश चोपड़ा के कैमरामैन भाई के परिवार का अधिकार है। इस बिल्डिंग के दो फ्लोर पर, जिनमें एक में साहिर की लाइब्रेरी और दूसरे में उनकी रिहाइश थी, उस पर कोर्ट के आदेश से ताला लगा दिया गया। इस बिल्डिंग के बड़े-से गैरेज में साहिर की दो कारें, जो कभी फिल्म स्टूडियो और संगीत निर्देशकों के रास्तों में सजी-बनी दुल्हनों की तरह झमझमाती थीं, अब कंबाड में बदल चुकी हैं। इन्हीं के साथ, साहिर के सूटस, महँगे कपड़ों की खूबसूरत कमीज़ें, फिल्मों की ट्राफियाँ, उनकी किताबें, उन पर लिखी हुई पंजाबी, हिंदी, उर्दू और अँग्रेजी लेखकों की किताबें और वे ढेर सारी बड़ी-छोटी तस्वीरें भी हैं, जिनमें वह कहीं पूर्व प्रधानमंत्री गुजराल के साथ हैं, किसी में अमृता प्रीतम को देखते हुए मुस्कुरा रहे हैं, किसी में ख़्वाजा अहमद अब्बास को गले लगा रहे हैं, किसी में इंदिरा गाँधी से हाथ मिला रहे हैं, किसी में जाँनिसार की सोती आँखों में नींद जगा रहे हैं, किसी में गायिका सुधा मल्होत्रा के साथ जगमगा रहे हैं। वे सब धूल से धुँधला चुकी हैं और जिन्हें जगह-जगह से दीमक खा चुकी है।

साहिर की 'परछाइयाँ' बंबई के अदब के इतिहास का बड़ा किरदार रहा है। इसके साथ कई साहित्यिक घटनाएँ जुड़ी हुई हैं। इसमें हर महीने एक-दो बार जश्न होता था, चारों तरफ रोशनियाँ जगमगाती थीं। साहित्य, राजनीति और फिल्म की बड़ी-बड़ी हस्तियाँ आती-जाती थीं। इन महफ़िलों का इंतज़ाम साहिर के कहानीकार दोस्त प्रकाश पंडित के ज़िम्मे था। प्रकाश साहिर के संघर्ष के दिनों

के दोस्त थे। साहिर के पैर जब इंडस्ट्री में जम गए, तो उन्होंने प्रकाश पंडित को बंबई बुला लिया था। साहिर ने उन्हें बुलाया था, फिल्मों में संवाद या पटकथा लिखने के लिए, लेकिन प्रकाश पंडित कामयाब न हो सके। एक लंबा अरसा 'परछाइयाँ' में गुजार कर वह वापस दिल्ली लौट गए। वह साहिर से लड़ते भी थे और दूसरों से साहिर के लिए झगड़ते भी थे। उनकी बीमारी में साहिर ने फिल्मों से कमाए हुए धन को जैसे लुटाया, वह साहित्य की दुनिया में दोस्ती का आदर्श नमूना था।

'परछाइयाँ' की ऐसी ही एक महफ़िल में साहिर की पहली मुलाक़ात मशहूर गायिका सुधा मल्होत्रा से हुई। सुधा उस ज़माने में नई थीं और साहिर के गीत शोहरत की बुलंदियों को छू रहे थे। क़िस्मत उनके साथ थी। वह जिस फिल्म में लिखते थे, वह बॉक्स ऑफिस पर सफल हो रही थी। 'नया दौर', 'प्यासा' और 'कभी-कभी' जैसी कई फिल्मों में उनकी गीतकारी ने नया ट्रेंड सेट किया था। उन्हीं के गीतों ने लंबी गुमनामी के बाद ख़य्याम को नाम दिया था, ओ.पी. दत्ता को काम दिया था और जयदेव को मक़ाम दिया था। इन बातों में कितनी सच्चाई थी, यह तो नहीं मालूम, लेकिन साहिर यूँ ही सोचते थे। गीतकार साहिर के साथ वह ज़माना नौशाद के संगीत का भी था। फिल्म वाले हमेशा काम से ज़्यादा नाम के पीछे भागते हैं। नाम से ही यहाँ कलाकार के दाम तय होते हैं। एक निर्माता अपनी फिल्म में नौशाद के साथ साहिर को लेना चाहते थे। साहिर ने कहानी सुनी, पसंद की। पारिश्रमिक जो साहिर ने माँगा, वह निर्माता ने स्वीकार किया, लेकिन बात वहाँ बनते-बनते बिगड़ गई, जब उन्हें मालूम हुआ, नौशाद को उनसे ज़्यादा रक़म दी जा रही है। उन्होंने प्रोड्यूसर के एडवांस के लिफाफे को यह कहकर वापस कर दिया कि मैं स्वयं को शब्द से बड़ा नहीं मानता। मैं आपकी फिल्म में इसी सूरत में काम कर सकता हूँ, जब मुझे आपके संगीतकार से एक रुपया ज़्यादा दिया जाएगा। निर्माता के बजट में साहिर की शर्त नहीं बैठ सकी और साहिर ने वह फिल्म नहीं की। यही रवैया उनका ख़य्याम के साथ भी रहा। 'कभी-कभी' के लिए यश चोपड़ा

ने पहले साहिर के साथ, लक्ष्मीकांत प्यारेलाल का दरवाज़ा खटखटाया था लेकिन जब लक्ष्मीकांत ने साहिर के दिए हुए मुखड़े 'कभी-कभी मेरे दिल में ख़्याल आता है' को एक-दो बार पढ़कर उनसे उसके छंद की ताल के बारे में पूछा, तो साहिर के माथे पर बल पड़ गए। वहाँ तो उन्होंने कुछ नहीं कहा, लेकिन उसी दिन की शाम ख़य्याम को 'परछाइयाँ' में बुलाकर 'कभी-कभी' के लिए साइन करवा दिया। इस फिल्म की कामयाबी ने ख़य्याम के संगीत की क़ीमत बढ़ा दी थी। यही मामला उन दोनों के बीच विवाद का कारण बना। इसी विवाद की वजह से, यश चोपड़ा की कोशिश के बावज़ूद फिल्म 'सिलसिला' में दोनों का मिलन नहीं हो सका। यश चोपड़ा की यह पहली फिल्म थी, जिसमें साहिर के बजाए दूसरे गीतकारों से गीत लिखवाए गए थे। उन गीतकारों में एक मैं भी था।

पहले आकाशवाणी से जब फिल्मी गीत प्रसारित किए जाते थे, तो प्रसारण में सिर्फ संगीतकार और फिल्म का नाम लिया जाता था। 'परछाइयाँ' में ही साहिर ने फिल्म रायटर्स की मीटिंग बुलाकर, आकाशवाणी को मजबूर किया कि वे संगीतकार के साथ गीतकार का नाम भी गीतों के प्रसारण में शामिल करें। साहिर ने गीत ही नहीं लिखे, गीतकार को भी मामूली मुंशी के स्तर से उठाकर फिल्मों का ज़रूरी अंग बनाया।

साहिर को समाज की हर नाइंसाफी में अपने उस पिता का चेहरा नज़र आता था, जिससे डरकर उनकी माँ उन्हें लुधियाना से इलाहाबाद ले आई थी। उनकी मशहूर नज़्म 'ताजमहल' पिता के इसी प्रतीकात्मक रूप के खिलाफ उनका काव्यात्मक कमेंट था। उनकी पंक्तियाँ हमारी बोलचाल का मुहावरा बन चुकी हैं–

एक शहंशाह ने दौलत का सहारा लेकर
हम गरीबों की मुहब्बत का उड़ाया है मज़ाक़
मेरे महबूब कहीं और मिला कर मुझसे।

'परछाइयाँ' में ही सुधा मल्होत्रा और उनका गायन उन्हें अच्छा लगा था। इससे वह इतने प्रभावित हुए कि उन्होंने 'परछाइयाँ' की

और तस्वीरों के साथ, अपने साथ सुधा जी की ली हुई तस्वीर के लिए भी जगह निकाल ली। जो साहिर के स्वर्गवास के बाद थोड़े-थोड़े अंतराल के साथ, 'परछाइयाँ' को हमेशा के लिए छोड़ गयी। अब जब भी परछाइयाँ की सड़क से मैं गुज़रता हूँ तो साहिर की उस कविता की वे पंक्तियाँ जो उन्होंने अमृता प्रीतम को समर्पित की थीं गूँजने लगती हैं।

तू भी कुछ परेशाँ है/तू भी सोचती होगी
तेरे नाम की शोहरत तेरे काम क्या आई,
मैं भी कुछ पशेमाँ हूँ/मैं भी ग़ौर करता हूँ
मेरे काम की अज़मत मेरे काम क्या आई।

एक थे अली सरदार जाफ़री...

एक थे अली सरदार जाफ़री। शायर थे, आलोचक भी और शानदार वक्ता भी। 1935-36 में भारत में जो प्रगतिशील आंदोलन हुआ था और जिसने भारतीय साहित्य का रिश्ता जनता के उस वर्ग से जोड़ने की कोशिश की थी, जो देश की आबादी का तो हिस्सा था, लेकिन साहित्य में बेनाम क़िस्सा था। उसके संस्थापकों में मुल्कराज आनंद, सज्जाद ज़हीर और फ़ैज़ अहमद फ़ैज़ के साथ सरदार जाफ़री का नाम भी लिया जाता है। साहित्य में सरदार जाफ़री का नाम इसलिए भी अहम है कि उन्होंने अपनी क़लम से उर्दू साहित्य के इतिहास की एक भूल को सुधारा था। उर्दू साहित्य का इतिहास 14वीं सदी के अमीर ख़ुसरो से तो रिश्ता लगता है, लेकिन उनके बाद की साझी विरासत को जिसमें, रहीम, मीरा, कबीर, सूरदास, तुलसी आदि शामिल हैं, सिरे से भूल जाता है। जाफ़री ने ग़ालिब और मीर के साथ मीरा और कबीर को जोड़कर न सिर्फ़ ईरानी प्रभाव से बोझिल उर्दू साहित्य को ज़्यादा हिंदुस्तानी बनाया, इसको अपनी विरासत का अहसास भी दिलाया। हमारी राजनीति की शब्दावली, कुत्ते-बिल्लियों की तरह सबको एक नाम से पुकारने की आदी है, जबकि मुसलमानों में अमीर ख़ुसरो भी हैं, मौलाना आज़ाद भी और दाऊद इब्राहीम भी। इसी तरह हिंदुओं में तुलसीदास भी हैं, महात्मा गाँधी भी और छोटा राजन भी है। सरदार जाफ़री नाम से मुसलमान थे, लेकिन अपने काम से लंबे इतिहास के सेक्युलर हिंदुस्तान थे। उन्होंने अपने कॉलेज के दिनों

से जिस विचारधारा को अपनाया, अंत तक उसका साथ निभाया। उर्दू, हिंदी और अंग्रेजी में उनके नाम से मंसूब 22 किताबें हैं। भारत सरकार से पद्मश्री, रूस से नेहरू एवार्ड, मध्य प्रदेश से इक़बाल सम्मान, ज्ञानपीठ पुरस्कार और इनके साथ कई देशी-विदेशी इनामों से सम्मानित सरदार जाफ़री को जहाँ देश ने उनके लेखन और विचारधारा के लिए सराहा, वहीं उन्हें सताया भी गया। हैदराबाद के एक मुशायरे में वे अध्यक्षता कर रहे थे। वहाँ उन्होंने अपने भाषण में अपने दृष्टिकोण के मुताबिक़ मुस्लिम पर्सनल लॉ के विरोध में कुछ लफ़्ज़ बोले। मुशायरे में मौजूद पढ़े-लिखे वर्ग ने उनके विरोध का स्वागत किया, लेकिन कुछ कट्टरपंथियों को पसंद नहीं आया और जब वह अपना कलाम पढ़ने खड़े हुए तो कुछ टोपी और दाढ़ी वाले नौजवानों ने उनके गले में पुराने जूतों का हार भी डाला था। जाफ़री इस अपमान के बावजूद अपनी बात पर क़ायम रहे और ज़ुबान व क़लम से विरोध करते रहे। बाद में भी शिवसेना की हुकूमत के दौरान उनके नाम ज्ञानेश्वर पुरस्कार घोषित करके इसलिए वापस ले लिया गया था कि वह कम्युनिस्ट थे। सरदार जाफ़री को अपने इन विचारों के लिए, अंग्रेजी राज में और भारतीय समाज में कई बार जेल भी जाना पड़ा। क़ैद में उन्होंने अपने बेटे के जन्मदिन पर एक नज़्म कही थी, जिसका शुमार उर्दू की अच्छी कविताओं में होता है–

रात ख़ूबसूरत है, नींद क्यों नहीं आती
रोज़ रात को यूँ ही/नींद मेरी आँखों से
बेवफ़ाई करती है/मुझको छोड़कर तन्हा
जेल से निकलती है/बंबई की बस्ती में
मेरे घर का दरवाज़ा/जाके खटखटाती है
एक नन्हे बच्चे की/जागी जागी आँखों में नींद
घोल आती है।

सरदार जाफ़री कई स्टाइल के एक शायर थे। उन्होंने ड्रामाई कविताएँ भी लिखी हैं। ईरानी प्रभाव से मुक्त होकर धरती से जुड़ी शायरी की है। उनकी शायरी के विविध रूपों में हमारे देश का लगभग

70-75 साल का इतिहास साँस लेता नज़र आता है। यह वह इतिहास नहीं है, जो राजनीतिक सुविधाओं के अनुसार तोड़ा-मरोड़ा जाता है। इसमें वह इतिहास नज़र आता है, जिसमें इंसान से इंसान का सदियों पुराना रिश्ता जोड़ा जाता है। यह पाकिस्तान की तरह केवल 12 सौ साल की तारीख नहीं है। इसमें पाँच हज़ार वर्षों का विस्तार है।

एक बार जाफ़री के यहाँ उनकी बेगम सुल्ताना जाफ़री की भतीजी पाकिस्तान से आई थी। वह पाकिस्तान में ही जन्मी थी, इसलिए हर बात पर भारत की तुलना में पाकिस्तान की तारीफ़ करती थी। पाकिस्तान में ओनेक्स पत्थर है, हिंदुस्तान में कहाँ है। पाकिस्तान में मेंहदी हसन-सा ग़ज़ल सिंगर है, हिंदुस्तान में कहाँ है। पाकिस्तान में यह है, पाकिस्तान में वह है...। जब जाफ़री ऊब गए, तो आहिस्ता से कहा, 'बीबी, हिंदुस्तान ने बहुत सी अच्छी चीज़ें बनाई हैं, लेकिन एक ऐसी चीज़ भी बनाई है, जिसकी अच्छाई से तुम भी इनकार नहीं कर सकतीं।' उसने चौंककर पूछा—'वह क्या है?' जाफ़री ने मुस्कुराते हुए कहा, 'उसका नाम पाकिस्तान है।' जाफ़री अपने समकालीनों में ज़्यादा सक्रिय थे। इस सक्रियता ने उनके दोस्त भी बनाए और मुख़ालिफ़ भी। कृष्णचंद्र उनकी महानता को कम्युनिस्ट पार्टी के प्रतीक हंसिया-हथौड़े के रूप में देखते हैं। इस्मत चुग़ताई उन्हें तरक़्क़ी-पसंदों का सिपहसालार मानती थीं। इन्हीं के साथ दूसरों की भी राय थी, मजाज़ लखनवी जब पागलख़ाने में थे, तब उन्होंने एक डायरी लिखी थी। इसमें कई बेसिर-पैर की बातों में एक जुमला यह भी था—'शायर तो फ़ैज और मजाज़ हैं, सरदार तो बस यूँ ही है।' उनके समकालीन जब्बी, जिनका हाल में ही देहांत हुआ है, के मतानुसार जाफ़री सिरे से शायर ही नहीं थे।

ग्वालियर से मुंबई आने के बाद मुझे पहला काम जाफ़री ने अपनी त्रैमासिक पत्रिका 'गुफ़्तगू' में दिया था। जाफ़री का घर ग्रांट रोड स्थित सीता महल में था। उनके यहाँ शामें काफ़ी रंगीन होती थीं। वह अपनी बाहर की शामों में भी मुझे शरीक करते थे। एक शाम वे कैफ़ी आज़मी, गुलाम रब्बानी ताबाँ और राजेंद्र सिंह बेदी

के साथ एक लेडी इन्कम टैक्स कमिश्नर के यहाँ आमंत्रित थे। साथ में मैं भी गया था। यह सारे सीनियर लोग गटागट जाम चढ़ा रहे थे और हर जाम के साथ अपनी उम्रें घटा रहे थे। थोड़ी देर बाद मैंने देखा सरदार जाफ़री 75 से 25 के हो गए, बेदी 22 वर्ष के पायदान पर खड़े हो गए और कैफ़ी 18 से आगे बढ़ने को तैयार नहीं थे। मैं क्योंकि जूनियर था और बड़ों के एहतराम में पी भी नहीं रहा था, इसलिए उनकी घटाई हुई उम्रें मेरे ऊपर सवार हो गईं। रात जब ज़्यादा हो गई, तो महिला ने इन्हें रुख़सत किया और अपने कुत्ते को अंदर करके दरवाज़ा बंद कर लिया। यह चारों बुजुर्ग बीच चौराहे पर खड़े होकर अपनी नई जवानियों का प्रदर्शन कर रहे थे और मैं उन्हें 300 साल के बूढ़े की तरह सँभाल रहा था। इतने में अचानक जाफ़री को याद आया, उनकी बत्तीसी उस महिला के घर में छूट गई है। मैं भागता हुआ वापस गया। मैंने बेल बजाई। जब वह बाहर आईं, तो मैंने आने का मक़सद बताया। उन्होंने लाइट जलाई तो देखा, उनका कुत्ता उस बत्तीसी में फँसे गोश्त के रेशों से खेल रहा है। बड़ी मुश्किल से उससे डेन्चर छीनकर मुझे दिया। उसका एक दाँत टूट गया था। जाफ़री ने बताया कि वह डेन्चर उन्होंने रूस में बनवाया था।

जाने वालों का इंतज़ार नहीं करतीं बस्तियाँ

देश आज़ाद हुए अब 52 साल हो चुके हैं, लेकिन विभाजन का ज़ख़्म आज तक नहीं भरा। बँटी हुई सरहदों ने इंसानों को भेड़-बकरियों की तरह इधर-उधर हँकाने में तो कामयाबी हासिल कर ली, मगर छूटी हुई ज़मीनों से बिछड़े लोगों के रिश्ते आज भी ज़ख़्मों की तरह कसक रहे हैं। कथाकार सुरेंद्र प्रकाश अपने बचपन के रावलपिंडी को 2004 में अपने देहांत तक अपने से अलग नहीं कर पाया। मरने से पहले, जब उस पर बेहोशी तारी (छाई) थी, तो शायद उसके बचपन का रावलपिंडी और सैयद पुल के नीचे बनी उसके पिता की सोडावाटर की दुकान उससे मिलने बंबई में कालीना के छोटे से घर में आई थी। उस वक्त वह क्या बोल रहा है यह तो समझ में नहीं आ रहा था, लेकिन थोड़ा क़रीब से सुनने पर लग रहा था, वह अपने रावलपिंडी और अपने पिता की दुकान को देखकर मुस्कुरा रहा था और उनसे बतिया भी रहा था–

बेनाम सा यह दर्द ठहर क्यों नहीं जाता,
जो बीत गया है वह गुज़र क्यों नहीं जाता

मशहूर पत्रकार कुलदीप नैयर आज भी लाहौर में अपने स्कूल ग्राउंड और उसमें घूमते हुए बड़ी मूँछोंवाले मास्टर दीनानाथ और चुग्गी दाढ़ी वाले मौलवी इस्माइल को याद करके गंभीर हो जाते हैं। वह

अपने घर के सामने वाले मंदिर के क़रीब खड़े पीपल की यादों को बहलाने के लिए, हर साल 14 अगस्त को अपने दोस्तों के साथ वाघा की सरहद पर मोमबत्तियाँ जलाते हैं और हिंद-पाक दोस्ती के नारे लगाते हैं।

सिंधी कवि कृष्ण राही ने इस विभाजन के हाथों दूसरों से कुछ ज़्यादा ही खोया है। उसकी ग़ज़ल का एक शेर है (अनुवाद माया राही)

अपने ही देश में न था रहने का सुख नसीब
सिंधी तो अपने देश में भी दरबदर रहा...

दूसरे जब इधर से उधर हुए, तो लाख उजड़ने के बावजूद उनके साथ उनकी भाषा भी थी और तहज़ीब भी, लेकिन कृष्ण राही जब वहाँ से चला तो रास्ते में उसकी भाषा लूट ली गई और तहज़ीब मार दी गई। आज वह हर जगह नज़र आता है, लेकिन उसके मुँह में उसकी ज़बान नहीं है। उसके बच्चों को सचल सरमस्त, झूलेलाल और शेख़ अयाज़ के नाम याद नहीं हैं। खार में जिस बिल्डिंग 'अमर अपार्टमेंट' में मेरा फ्लैट है, उसमें ज्यादा सिंधी ही हैं। एक बार राजकोट में किसी सिंधी पाठ्य-पुस्तक में मेरी एक कविता शामिल की गई, उसका कांट्रेक्ट लेटर मेरे पास सिंधी में आया था। जिसे पढ़वाने के लिए मैंने हर फ्लैट का दरवाज़ा खटखटाया, लेकिन किसी को सिंधी लिपि पढ़ने के योग्य नहीं पाया।

जिन दिनों मेरी माँ कराची में मौत से आख़िरी लड़ाई लड़ रही थी, मैं बंबई में सुबह के नाश्ते और रात के भोजन की दोस्ती कराने की जद्दोजहद में उलझा था। मैंने उनसे अपना दूध बख़्शवाने के लिए पासपोर्ट पाने का अनुरोध किया। लेकिन मरती हुई माँ और उससे दूध बख़्शवाने की ख़्वाहिश रखने वाले बेटे के बीच, हिंद-पाक युद्ध पाँव पसार कर बैठ गया, और मैं जहाज से बंबई से कराची तक की डेढ़ घंटे की दूरी, दो महीने की कोशिशों के बाद भी पाट नहीं पाया। अब वह कराची के एक क़ब्रिस्तान में मेरे दूध के कर्ज़ के साथ एक क़ब्र बन चुकी हैं। उन दिनों की मेरी एक कविता है—

कराची एक माँ है, बंबई बिछड़ा हुआ बेटा, यह रिश्ता प्यार का, पाकीज़ा रिश्ता है, जिसे अब तक न कोई तोड़ पाया है, न कोई तोड़ पाएगा। गलत है रेडियो, झूठी हैं, सब अख़बार की ख़बरें। न मेरी माँ कभी तलवार ताने रण में आई है, न मैंने अपनी माँ के सामने बंदूक उठाई है। यह कैसा शोरो-हंगामा है। यह किस की लड़ाई है।

बाद में कराची के एक मुशायरे में, मुझे बुलाया गया था। जब शेर सुनाकर मैं स्टेज से नीचे उतरा तो देखा, एक फ़क़ीर खड़ा हाथ फैला रहा था। मुझसे जो बना वह मैंने उसे दे दिया, लेकिन जब दूसरी फ्लाइट से मैं वापस बंबई पहुँचा, तो एयरपोर्ट के सामने वह भीख के लिए गिड़गिड़ा रहा था। फ़र्क़ सिर्फ इतना था, कराची में जब वही मिला तो उसने अपना नाम रहमान बताया था और बंबई में राम नाम से परिचय कराया। मैंने उस वक्त सोचा, जब रहमान और राम दोनों की क़िस्मत में भीख माँगना था, तो बीच में सरहद खींच कर मुझे अलग-अलग क्यों कर दिया गया?

अब कहाँ दूसरे के दुख से दुखी होने वाले

बाइबिल के सोलोमेन, जिन्हें क़ुरआन में सुलेमान कहा गया है, ईसा से 1025 वर्ष पूर्व एक बादशाह थे। कहा गया है, वह केवल मानव जाति के ही राजा नहीं थे, सारे छोटे बड़े पशु-पक्षी के भी हाकिम थे। वह इन सबकी भाषा भी जानते थे। एक दफ़ा सुलेमान अपने लश्कर के साथ एक रास्ते से गुज़र रहे थे। रास्ते में कुछ चींटियों ने घोड़ों की टापों की आवाज़ सुनी, तो डर कर एक-दूसरे से कहा—आप जल्दी से अपने-अपने बिलों में चलो, फ़ौज आ रही है। सुलेमान, उनकी बातें सुनकर थोड़ी दूर पर रुक गए और चींटियों से बोले—'घबराओ नहीं, सुलेमान को खुदा ने सबका रखवाला बनाया है। मैं किसी के लिए मुसीबत नहीं हूँ, सबके लिए मुहब्बत हूँ।' चींटियों ने उनके लिए ईश्वर से दुआ की और सुलेमान अपनी मंज़िल की ओर बढ़ गए।

ऐसी एक घटना का ज़िक्र सिंधी भाषा के महाकवि शेख़ अयाज़ ने अपनी आत्मकथा में किया है। उन्होंने लिखा है—'एक दिन उनके पिता कुएँ से नहाकर लौटे। माँ ने भोजन परोसा। उन्होंने जैसे ही रोटी का कौर तोड़ा। उनकी नज़र अपनी बाजू पर पड़ी। वहाँ एक काला च्योंटा रेंग रहा था। वह भोजन छोड़कर उठ खड़े हुए।' माँ ने पूछा, 'क्या बात है? भोजन अच्छा नहीं लगा?' शेख़ अयाज़ के पिता बोले—'नहीं, यह बात नहीं है। मैंने एक घर वाले को बेघर कर दिया है। उस बेघर को, कुएँ पर उसके, घर छोड़ने जा रहा हूँ।'

बाइबिल और दूसरे पावन ग्रंथों में नूह नाम के एक पैग़ंबर का ज़िक्र मिलता है। उनका असली नाम लशकर था, लेकिन अरब ने उनको नूह के लक़ब से याद किया है। वह इसलिए कि आप सारी उम्र रोते रहे। इसका कारण एक ज़ख़्मी कुत्ता था। नूह के सामने से एक बार एक घायल कुत्ता गुज़रा। नूह ने उसे दुत्कारते हुए कहा—'दूर हो जा गंदे कुत्ते!' इस्लाम में कुत्तों को गंदा समझा जाता है। कुत्ते ने उनकी दुत्कार सुनकर जवाब दिया....'न मैं अपनी मर्ज़ी से कुत्ता हूँ, न तुम अपनी पसंद से इंसान हो। बनाने वाला सब का तो वही एक है।'

मट्टी से मट्टी मिले,
खो के सभी निशान,
किसमें कितना कौन है,
कैसे हो पहचान।

नूह ने जब उसकी बात सुनी और दुखी हो मुद्दत तक रोते रहे। 'महाभारत' में युधिष्ठिर का जो अंत तक साथ निभाता नज़र आता है, वह भी प्रतीकात्मक रूप में एक कुत्ता ही था। सब साथ छोड़ते गए, तो केवल वही उनके एकांत को शांत कर रहा था।

दुनिया कैसे वजूद में आई? पहले क्या थी? किस बिंदु से इसकी यात्रा शुरू हुई? इन प्रश्नों के उत्तर विज्ञान अपनी तरह से देता है, धार्मिक ग्रंथ अपनी-अपनी तरह से। संसार की रचना भले ही कैसे हुई हो, लेकिन धरती किसी एक की नहीं है। पंछी, मानव, पशु, नदी, पर्वत, समंदर आदि की इसमें बराबर की हिस्सेदारी है। यह और बात है कि इस हिस्सेदारी में मानव जाति ने, अपनी बुद्धि से बड़ी-बड़ी दीवारें खड़ी कर दी हैं। पहले पूरा संसार एक परिवार के समान था, अब टुकड़ों में बँटकर एक-दूसरे से दूर हो चुका है। पहले बड़े-बड़े दालानों-आँगनों में सब मिल-जुलकर रहते थे, अब छोटे-छोटे डिब्बे जैसे घरों में जीवन सिमटने लगा है। बढ़ती हुई आबादियों ने समंदर को पीछे सरकाना शुरू कर दिया है, पेड़ों को रास्तों से हटाना शुरू कर दिया है, फैलते हुए प्रदूषण ने पंछियों को बस्तियों से भगाना

शुरू कर दिया है। बारूदों की विनाशलीलाओं ने वातावरण को सताना शुरू कर दिया है। अब गर्मी में ज्यादा गर्मी, बेवक्त की बरसातें, ज़लज़ले, सैलाब, तूफान और नित-नए रोग, मानव और प्रकृति के इसी असंतुलन का परिणाम हैं। नेचर की सहनशक्ति की एक सीमा होती है। नेचर के गुस्से का एक नमूना कुछ साल पहले बंबई में देखने को मिला था, और यह नमूना इतना डरावना था कि बंबई निवासी डरकर अपने-अपने पूजा-स्थल में अपने खुदाओं से प्रार्थना करने लगे थे।

कई सालों से बड़े-बड़े बिल्डर समंदर को पीछे धकेल कर, उसकी ज़मीन को हथिया रहे थे। बेचारा समंदर लगातार सिमटता जा रहा था। पहले उसने अपनी फैली हुई टाँगें समेटीं, थोड़ा सिमटकर बैठ गया। फिर जगह कम पड़ी तो उकड़ूँ बैठ गया। फिर खड़ा हो गया. ..जब खड़े रहने की भी जगह कम पड़ी, तो उसे गुस्सा आ गया। जो जितना बड़ा होता है, उसे उतना ही कम गुस्सा आता है। परंतु आता है, तो रोकना मुश्किल हो जाता है, और यही हुआ, उसने एक रात अपनी लहरों पर दौड़ते हुए तीन जहाज़ों को उठाकर बच्चों की गेंद की तरह तीन दिशाओं में फेंक दिया। एक वर्ली के समंदर के किनारे पर आकर गिरा, दूसरा बांद्रा में कार्टर रोड के सामने औंधे मुँह और तीसरा गेट-वे-ऑफ इंडिया पर टूट-फूटकर सैलानियों का नज़ारा बना। बावजूद कोशिश, वे फिर से चलने-फिरने के क़ाबिल नहीं हो सके।

मेरी माँ कहती थी, सूरज ढले आँगन के पेड़ों से पत्ते मत तोड़ो, पेड़ रोएँगे। दीया-बत्ती के वक़्त फूलों को मत तोड़ो, फूल बद्दुआ देते हैं। गिलहरी को कंकर मत मारो, उसकी पीठ पर हज़रत फ़ातिमा (हज़रत मुहम्मद की लाड़ली बेटी, हसन-हुसैन की माँ) की पाँचों उँगलियों के निशान हैं। दरिया पर जाओ, तो उसे सलाम किया करो, वह खुश होता है। कबूतरों को मत सताया करो, वे हज़रत मुहम्मद को अज़ीज़ हैं। उन्होंने उन्हें अपनी मज़ार के नीले गुंबद पर घोंसले बनाने की इज़ाज़त दे रखी है। मुर्ग़े को परेशान नहीं किया करो, वह मुल्ला जी से पहले, मोहल्ले में अज़ान देकर सबको सवेरे

जगाता है—

सब की पूजा एक-सी, अलग-अलग है रीत,
मस्जिद जाए मौलवी, कोयल गाए गीत।

ग्वालियर में हमारा एक मकान था, उस मकान के दालान में दो रोशनदान थे। उसमें कबूतर के एक जोड़े ने घोंसला बना लिया था। एक बार बिल्ली ने उचक कर दो में से एक अंडा तोड़ दिया। मेरी माँ ने देखा, तो उसे दुख हुआ। उसने स्टूल पर चढ़कर दूसरे अंडे को बचाने की कोशिश की। लेकिन इस कोशिश में दूसरा अंडा उसी के हाथ से गिरकर टूट गया। कबूतर परेशानी में इधर-उधर फड़फड़ा रहे थे। उनकी आँखों में दुख देखकर, मेरी माँ की आँखों में आँसू आ गए। इस गुनाह को खुदा से मुआफ़ कराने के लिए, उसने पूरे दिन रोज़ा रखा। दिन-भर कुछ खाया-पिया नहीं। सिर्फ रोती रही और बार-बार नमाज़ पढ़-पढ़कर खुदा से इस ग़लती को मुआफ़ करने की दुआ माँगती रही।

ग्वालियर से बंबई की दूरी ने संसार को काफी कुछ बदल दिया है। वर्सोवा में, जहाँ आज मेरा घर है, पहले यहाँ दूर तक जंगल था। पेड़ थे, परिंदे थे और दूसरे जानवर थे। अब यहाँ समंदर के किनारे लंबी-चौड़ी बस्ती बन गई है। इस बस्ती ने न जाने कितने परिंदों-चरिंदों से उनका घर छीन लिया है। इनमें से कुछ शहर छोड़कर चले गए हैं। जो नहीं जा सके हैं, उन्होंने यहाँ-वहाँ डेरा डाल लिया है। इनमें से दो कबूतरों ने मेरे फ्लैट के एक मचान में घोंसला बना लिया है। बच्चे अभी छोटे हैं। उनके खिलाने-पिलाने की ज़िम्मेदारी अभी बड़े कबूतरों की है। वे दिन में कई-कई बार आते-जाते हैं। और क्यों न आएँ-जाएँ आख़िर उनका भी घर है। लेकिन उनके आने-जाने से हमें परेशानी भी होती है। वे कभी किसी चीज़ को गिराकर तोड़ देते हैं। कभी मेरी लाइब्रेरी में घुसकर कबीर या मिर्ज़ा ग़ालिब को सताने लगते हैं। इस रोज़-रोज़ की परेशानी से तंग आकर मेरी पत्नी ने उस जगह, जहाँ उनका आशियाना था, एक जाली लगा दी-है, उनके बच्चों को दूसरी जगह कर दिया है। उनके आने की खिड़की को भी बंद किया जाने लगा

है। खिड़की के बाहर अब दोनों कबूतर, रात-भर खामोश और उदास बैठे रहते हैं। मगर अब न सोलोमन है, जो उनकी जुबान को समझकर उनका दुख बाँटे, न मेरी माँ है, जो इनके दुखों में सारी रात नमाज़ों में काटे–

नदियां सींचे खेत को, तोता कुतरे आम
सूरज ठेकेदार-सा, सबको बाँटे काम।

हर आदमी में होते हैं दस-बीस आदमी

कोई भी रेलगाड़ी हो, चाहे उसकी लंबाई-चौड़ाई कितनी ही हो, जानी जाती है एक से; लेकिन डिब्बे उसमें कई होते हैं—जनरल, रिजर्वेशन, वातानुकूल। इनमें से हर डिब्बे में और कई छोटे-बड़े डिब्बे होते हैं—धर्म के, जाति के, क्षेत्र के, भाषा के, रोजग़ार के।

बंबई, जो अब मुंबई बन चुकी है, भी नाम से एक है, लेकिन उस एक में भी कई मुंबई या बंबई बसी हुईं है। पाँच सितारा बंबई, झोंपड़पट्टियों की बंबई, फुटपाथों पर सोने की बंबई, छोटे-बड़े फ्लैटों की बंबई। एक मुंबई में इन बहुत सारी मुंबइयों में मेरी भी एक छोटी-सी मुंबई रही है। मेरी मुंबई जो सन् 65 से मेरी है। पिछले चालीस साल से मेरे हालात की तरह मुसलसल बदलती रही है, कभी इसने हँसाया है, कभी रुलाया है, कभी खाली पेट सुलाया है, कभी ख्वाब थमाकर जगाया है, कभी यह होस्टल के एक पलंग तक महदूद हुई है तो कभी खुले आसमान और जमीन की तरह लामहदूद हुई है।

मैं ग्वालियर से बंबई आया था, खुशी से नहीं, मजबूरी से। हुआ यूँ, सन् 64-65 में मैं अचानक घर से बेघर हो गया। खोए हुए घर की तलाश ने जगह-जगह भटकाया, कभी दिल्ली में घुमाया, कभी कलकत्ते में फिराया और कभी राजस्थान के मुख़्तलिफ़ शहरों में सुलाया-जगाया। जहाँ-जहाँ रोटी नजर आती थी, वही मंज़िल बन जाती थी।

ये जो फैला हुआ ज़माना है, इसका रक्बा ग़रीबख़ाना है
देश-परदेश क्या परिंदों का, आबोदाना ही आशियाना है

आबोदाने की तलाश ही बंबई की तरफ ले आई। पहली बार बंबई आया तो चारों तरफ फैले हुए लंबे-चौड़े समंदरों, पाँवों को थका देने वाले फ़ासलों और आसमान को छूती इमारतों के इस शहर ने मुझे बुरी तरह डरा दिया था। ग्वालियर में मेरे घर के सामने एक छतनार नीम का पेड़ था। वह मेरे बचपन का साथी था। जब कभी माँ या बाप किसी बात पर धमकाते थे, तब वही नीम अपनी ठंडी छाया में बिठाकर तसल्ली देता था। नारियल के बिना साए के दरख़्तों में नीम की तलाश ने मेरा पीछा नहीं छोड़ा और मैं एक ही हफ़्ते में वापस चला आया। यह एक हफ़्ता मैंने चेंबूर में राज कपूर स्टूडियो के पास पांजरापोल के गाँव जैसे इलाके में गुजारा। वहाँ की एक रात आज भी मेरे ज़ेहन में महफ़ूज़ है। इस बस्ती में मुझे रेल में मिले, लंबी दाढ़ी और माथे पर कई नमाज़ों के निशान लिए एक बुजुर्ग ले गए थे। वहाँ उन जैसे और भी पंजवक़्ता नमाज़ियों का जमाव था। नक़ली तेल को असली घी बनाकर बेचना उनका कारोबार था। पुलिस को इसकी इत्तिला मिली। तो रात दो बजे के वक़्त एक साथ कई पुलिसवाले आए और जाली घी के कनस्तरों के साथ कई लोगों को पुलिस वैन में बिठाकर ले गए। इनमें डरा-सहमा मैं भी शामिल था। पुलिस थाने में रात बिताने और मराठी बोलने वाले पुलिस वालों की नशीली गालियाँ खाने का यह मेरा पहला इत्तिफ़ाक़ था। जैसे-तैसे सुबह हुई तो देखा, वही बुजुर्ग जिन्होंने रेल में तरस खाकर मुझे आसरा दिया था, थाने में मेरे सामने बैठे तस्बीह फेर रहे थे। उन्हें देखकर मैं सोच रहा था कि आदमी अंदर और बाहर से कितना मुख़्तलिफ़ होता है। चेहरा नूरानी और काम शैतानी।

इंस्पेक्टर साढ़े दस बजे आया। उसने आते ही मेज़ पर ज़ोर से डंडा मारा। इस आवाज़ का असर दूसरों पर तो नहीं हुआ, लेकिन मैं ऊपर से नीचे तक काँप गया। मुझे इस तरह परेशान देखकर मेरे सामने बैठे बुजुर्ग ने अपनी तस्बीह रोककर जेब से कुछ नोट

निकाले और इंस्पेक्टर से हाथ मिलाते हुए धीमे से कहा, 'सरकार, हमें तो बार-बार यहाँ आने की आदत है, लेकिन यह लड़का (मेरी तरफ इशारा करते हुए) पढ़ा-लिखा है, मेरी इंसानियत ने इसे धोखा दिया है। इसे जाने दीजिए।'

इंस्पेक्टर के चेहरे की गर्मी एकदम नर्म पड़ गई। वह मेरी तरफ मुड़ा और पूछने लगा–

'क्या नाम है?'

'निदा फ़ाज़ली।'

'कहाँ के हो...।'

'ग्वालियर के...।'

'यहाँ क्यों आए हो?'

'रोटी-पानी के लिए।'

'यहाँ किसी को जानते हो?'

'जी हाँ...धर्मवीर भारती को, अली सरदार जाफ़री को, साहिर लुधियानवी को...'

'बस...बस जाओ...'। फिर उन्हीं बुजुर्ग की तरफ उँगली उठाते हुए कहा, 'आगे इसके चक्कर में नहीं पड़ना।'

मैं वापस पांजरापोल गया और अपनी अटैची उठाकर रेल में बैठ गया। अटैची खोली तो हैरत हुई कि उसमें किसी ने एक ख़त के साथ पाँच सौ रुपए रख दिए थे। ख़त में लिखा था... आज रात को पुलिस की धाड़ पड़ने वाली है, लेकिन घबराना नहीं, तुम पर कोई आँच नहीं आएगी। तुम्हारा... मौलवी ग़फ़्फ़ार।

हर आदमी में होते हैं दस-बीस आदमी
जिसको भी देखना हो कई बार देखना।

एक थे राजेंद्र सिंह बेदी...

एक थे राजेंद्र सिंह बेदी। फ़िराक़ गोरखपुरी की तरह वो भी विभाजन के साथ विभाजित नहीं हुए। वो जितने भारत में जाने जाते थे, उससे ज़्यादा पाकिस्तान में पहचाने जाते थे। फ़िराक़ की ग़ज़ल और राजेंद्र सिंह बेदी के अफ़साने ने अमेरिकी दबाव से बहुत पहले, दोनों मुल्कों को एक-दूसरे के क़रीब कर दिया था। बेदी अपने ज़माने में जितना सेक्युलर हिंदुस्तान में पसंद किए जाते थे, उससे कहीं अधिक इस्लामी पाकिस्तान में हाथोंहाथ लिए जाते थे। इसका कारण उनका उच्च स्तरीय साहित्य था। जब शब्द इंसानियत को अपनी मंज़िल बनाता है, तो देश-विदेश, धर्म-अधर्म की सारी सीमाएँ फलाँग जाता है। बेदी के बारे में पाकिस्तान के एक बड़े कहानीकार मुमताज़ मुफ़्ती ने एक इंटरव्यू में कहा था, 'मैं सिर्फ़ राजेंद्र सिंह बेदी से बहुत प्रभावित हूँ। वह बहुत अज़ीम लिखने वाला था। यह अदब की बदक़िस्मती है कि वह फिल्म लाइन में चला गया।' बंबई आने से पहले राजेंद्र सिंह बेदी लाहौर के एक डाकख़ाने में मुलाज़िम थे। यह सच है कि बेदी लाहौर में वो बन चुके थे, जो उनकी शख़्सियत की पहचान थी। लेकिन यह कहना शायद दुरुस्त न हो कि उनकी महानता को फिल्मी दुनिया ने समाप्त कर दिया था। क्योंकि बेदी ने बंबई में फिल्मी कारोबार के बावजूद जो लिखा, वह उर्दू-हिंदी का अनमोल ख़ज़ाना है। राजेंद्र सिंह बेदी ने अपने फिल्मी कारोबार को कभी अदबी मेयार में प्रवेश करने की इज़ाज़त नहीं दी। हाँ यह ज़रूर हुआ, उनकी क़लम

ने संवाद और कहानी के रूप में या 'दस्तक', 'गर्म कोट', 'आँखन देखी', 'फागुन' आदि फिल्मों के ज़रिए निर्देशन के ढंग में नया जादू जगाया है, जिसे दर्शकों और सिने आलोचकों ने सराहा।

अपने समकालीन कृष्ण चंदर की तरह बेदी पर महान होने का नशा कभी नहीं चढ़ा। वह छोटी-बड़ी हर अदबी सभा में अपनी कसी हुई सरदारी पगड़ी, ख़िज़ाब से रंगी दाढ़ी, हाथ में सिगरेट और मुँह में तंबाकू के पान से दूर से पहचाने जाते थे। राजेंद्र सिंह बेदी का क़हक़हा भी उनकी कहानियों से कम मशहूर नहीं था। अपने क़हक़हों का टारगेट वो खुद को ही बनाते थे। एक बार फिल्म 'दस्तक' के ट्रायल शो के अँधेरे में, एक पंजाबी डिस्ट्रीब्यूटर ने बेदी के कान में धीमे से कहा, 'बेदी साहब इस फिल्म में फ़ाइट-वाइट नहीं है।' बेदी साहब ने संजीदगी से जवाब दिया, 'साहब जी इसमें तो फ़ाइट नहीं है। आप चाहें तो ट्रायल के बाद, हम आपस में कर सकते हैं।' दस्तक के पहले बेदी साहब ने एक फिल्म 'गर्मकोट' के नाम से बनाई थी। फिल्म बॉक्स-ऑफिस पर नहीं चली। किसी ने सलाह दी, 'अब आप किसी ऐसे हीरो को लेकर फिल्म बनाएँ, जो बाज़ार में चल रहा हो।' उस जमाने में भारत भूषण कामयाब हीरो थे। 'बैजूबावरा' और 'मिर्ज़ा ग़ालिब' ने उनकी क़ीमत बढ़ा दी थी। बेदी साहब को बात समझ में आ गई। सुबह उठते ही तैयार हुए। हाथ में सिगरेट और मुँह में गिलोरी दबाए सीधे भारत जी के बंगले पहुँच गए। जैसे ही घंटी बजाई, एक कुत्ता दौड़ते हुए फाटक पर आ गया। बेदी साहब उसी से पूछने लगे, 'भारत हैं?' जवाब में वह ज़ोर-ज़ोर से भौंकने लगा। बेदी उसकी तरफ देखकर कहने लगे, 'भाई जी मेरी मातृभाषा यही है।' कुत्ते की आवाज़ सुनकर घर के मालिक आए और कुत्ते की ज़ंजीर थाम कर बेदी से बोले, 'सॉरी सर, भारत जी अब यहाँ नहीं हैं। उन्होंने घर बदल लिया है।' राजेंद्र सिंह बेदी ने सिगरेट का कश लगाते हुए कहा, 'कमाल है! फ्लाप फिल्म मैंने बनाई, लेकिन घर उन्हें छोड़ना पड़ा।' सरदार जाफ़री की पत्रिका 'गुफ़्तगू' के लिए जाफ़री के अनुरोध पर कहानी पोस्ट से भेजी और फ़ोन से ताकीद की, 'देखो भाई जाफ़री कहानी तो मैंने भेज दी है,

लेकिन बराए-महरबानी, इसे गुफ़्तगू के 'गुफ़्त' वाले हिस्से में छापना।' कृष्ण चंदर और राजेंद्र सिंह बेदी, एक ही महानगर में समकालीन होते हुए एक-दूसरे से काफी अलग थे। लेखन में भी और जीवन में भी।

कृष्ण एक साथ एक बार ही लिखकर मुक्त हो जाते थे। वो अपने लिखे को दूसरी बार नहीं देखते थे। परंतु बेदी थम-थम कर, रुक-रुक कर लिखने के आदी थे। वे एक ही तहरीर को बार-बार लिखते थे। उनकी कहानियों के जुमले कविता की पंक्तियों की तरह चुस्त और बहुआयामी होते थे। अगर बीच में से एक जमुला भी निकल जाए, तो कहानी बिगड़ जाए। बेदी ने अपनी इसी फ़नकाराना गद्य में कई सफल फिल्मों के संवाद लिखे। पटकथाएँ लिखीं। उनका नाम इंडस्ट्री में बहुत इज़्ज़त से लिया जाता था। साहिर के गीतों की तरह उन दिनों राजेंद्र सिंह बेदी के लिखे संवादों की भी बड़ी धूम थी। फिल्म में इनका नाम होना बाज़ार और मेयार दोनों में अहमियत रखता था।

लेकिन दोनों ने ही ऐसा समय भी देखा, जब यश चोपड़ा ने साहिर के बजाए समीर से गाने लिखवाए और राजेंद्र सिंह बेदी के निर्देशक बेटे नरेंद्र बेदी ने उनके होते हुए क़ादर ख़ान से डॉयलाग बनवाए...। पुराने भोपाल में एक पान की दुकान के आईनों में यह शेर लिखा नज़र आता था–

हुस्न वाले हुस्न का अंजाम देख
डूबते सूरज को बवक़्ते शाम देख।

साहिर साहब इस ढलते सूरज को देखकर झल्लाते थे और बेदी, श्यामलाल (पूर्व संपादक, टाइम्स ऑफ इंडिया) और अख़्तरुल ईमान के कांधों पर सर रखकर आँसू बहाते थे। बेदी की एक किताब बाप-बेटे के संबंधों पर है। इसका नाम है, एक बाप बिकाऊ है।

बेदी का अपनी कहानियों के किरदारों से रिश्ता परिवार के सदस्यों जैसा था। वे इन्हें लिखते समय भी इनके दुख-सुख में शरीक रहते थे और लिखने के बाद भी। जब कहानी सुनाते थे, तो किरदारों के साथ ही कभी हँसते थे, कभी रोते थे। अपने समकालीनों की

तुलना में बेदी के पास आँसुओं का सबसे बड़ा ज़ख़ीरा था। यह ज़ख़ीरा उन्होंने अपनी कहानियों के किरदारों पर ऐसे लुटाया कि जब खुद पर रोने का वक़्त आया, तो उनके पास आँसू ही नहीं बचे थे।

जब आदमी के आँसू खत्म हो जाते हैं, तो वह हँसना भी भूल जाता है। ऐसी ही हालत में एक दिन वो अपने खार के घर के नीचे उजाड़ से खड़े नज़र आ गए। न सर पर कसी कसाई पगड़ी, न दाढ़ी पर ख़िज़ाब था, न हाथ में 555 की सिगरेट थी और न मुँह में तंबाकू वाला पान। ये 'ग्रहण' और 'एक चादर मैली सी' वाले बेदी नहीं थे। बात-बात पर ठहाका लगाने वाले बेदी नहीं थे। वह फिल्मों के निर्देशक नहीं थे।

उस वक़्त वे अकेले, कैंसर से पीड़ित एक साधारण व्यक्ति थे। मुझे देखते ही बोले, 'यार बहुत अकेला महसूस करता हूँ। सारे दोस्त अपने कामों में व्यस्त हैं। कोई मिलने नहीं आता थोड़ा वक़्त हो तो मेरे साथ कुछ देर बैठो।' मैं उनके साथ खार में दूसरी मंज़िल पर स्थित उनके फ्लैट में जाता हूँ। बेदी ख़ामोश हैं और मैं इस ख़ामोशी में कभी शेल्फों में रखी किताबों के नाम पढ़ता हूँ कभी उनकी उपाधियों को देखता हूँ और कभी हाथ में माला लिए गुरुनानक की तस्वीर के नीचे बेदी के हँसते हुए चेहरे की तस्वीर देखता हूँ।

एक थे कृष्ण चंद्र...

एक थे कृष्ण चंद्र। पंजाबी में कृष्ण को किरशन और चंद्र को चंदर बोलते हैं। वह भी उर्दू में इसी उच्चारण के साथ पुकारे जाते थे। अपने युग में ज़बर्दस्त लिखाड़ थे। उन्होंने इतना लिखा था कि खुद उन्हें भी अपनी लिखी पुस्तकों की गिनती याद नहीं थी। वह हिंदी और उर्दू दोनों में समान रूप से लोकप्रिय थे। लेखक जब ज्यादा लिखता है, तो उसकी पुस्तकों को पाठक अलग-अलग दर्जों में रखने लगते हैं। कोई बुरी हो जाती है, कोई कम अच्छी लगती है, कोई अच्छी नज़र आती और कोई बहुत अच्छी बन जाती है। नई नस्ल उनके साहित्य को तिजारत मानती थी और इस्मत, सआदत हसन मंटो और राजेंद्र सिंह बेदी के फिक्शन को अदब की तरह पहचानती थी। लेकिन इसके बावजूद उर्दू फिक्शन के जो चार सुतून माने जाते हैं, उनमें इस्मत, मंटो और बेदी के साथ कृष्ण चंद्र का भी एक नाम है।

कृष्ण जी कमिटेड लेखक थे। उनका अपना एक उद्देश्य था। जो उनके लेखन की अच्छाई भी थी और बुराई भी। बुराई इसलिए कि वह मेज-कुर्सी पर बैठकर धूप में काम करने वालों के बारे में लिखते थे। अच्छाई के अंतर्गत उनकी वे कहानियाँ आती हैं, जो मध्ययवर्गीय नज़र से समाज को दर्शाती हैं। उनकी बेपनाह शोहरत ने उन्हें कभी थमकर, रुककर अपना जायज़ा नहीं लेने दिया। शायद उनकी आर्थिक मजबूरी ने भी उन्हें ऐसा न करने दिया हो। वह अपना,

दो पत्नियों और उन दोनों के बच्चों का खर्चा अपनी क़लम से ही निकालते थे।

साहित्य की महफ़िलों में हर जगह उन्हें एशिया का अज़ीम अफ़साना निगार की उपाधि के साथ पुकारा जाता था। यह लफ़्ज उन्हें किन की देन है, यह तो नहीं मालूम, लेकिन इतना ज़रूर मालूम है कि प्रगतिशील कवि-लेखक आज की तरह एक-दूसरे की प्रशंसा में कंजूसी नहीं करते थे।

कृष्ण चंद्र को लेकर एक बार मुंबई में ग्रांट रोड स्थित सरदार जाफ़री के घर की एक नशीली रात मारपीट में तब्दील हो गई थी। नए कथाकार दिल्ली से मुंबई आए हुए थे। जाफ़री ने उनके लिए डिनर का इंतज़ाम किया था। मैं उन दिनों जाफ़री की एक साहित्यिक पत्रिका 'गुफ़्तगू' में काम करता था। मेरे अलावा उस महफ़िल में कृष्ण जी के छोटे भाई महेंद्र नाथ और बलराज मैनरा भी थे। बलराज नई-नई जदीदियत (आधुनिकता) के नशे में कृष्ण को घटिया और मंटो-बेदी को बढ़िया साबित करने में लगे हुए थे। महेंद्र नाथ अच्छी-खासी काठी के इंसान थे। शुरू में एक-दो फिल्मों में हीरो भी रह चुके थे। कुछ देर तो वह अपने आदरणीय भाई की बुराई सुनते रहे और मुस्कुराते रहे, जब संयम की सारी मुस्कुराहट खत्म हो गई, तो वह अचानक लेखक से फिल्म के हीरो बन गए और कमज़ोर शरीर वाले मैनरा पर ढिशुम-ढिशुम करने लगे। बीच-बचाव में सरदार का हाथ टूटे हुए गिलास के काँच से कटा और गरीब निदा फ़ाज़ली का कुर्ता फटा। जाफ़री साहब का हाथ तो एक-दो दिन में ठीक हो गया। लेकिन मुझे दूसरा कुर्ता बनवाने तक दो-तीन दिन अपने कमरे में रहना पड़ा। मेरा कुर्ता उन दिनों महेंद्र नाथ ने ही अपने पैसों से ख़रीदा था। सरदार जाफ़री उस कुर्ते को देखकर कई दिन तक उसे कृष्ण चंद्र कुर्ता कहकर हँसते थे।

उनकी प्रोज़ की दिलकशी ने बहुत-सों को दीवाना बना दिया था। कृष्णजी ने इसी के सहारे फिल्म इंडस्ट्री में प्रवेश किया था। वहाँ नाकाम होकर ही उन्होंने अदब को ओढ़ना-बिछौना बनाया था। मजबूरन उन्हें अदब को बाज़ार बनाना पड़ा था। अदब के बाज़ार

में उनका मुक़ाबला बेदी, मंटो या इस्मत से नहीं था, मशहूर पापुलर राइटर गुलशन नंदा से था। मुंबई में एक बार चर्चगेट के आज़ाद मैदान में किताबों की नुमाइश लगी थी। इस नुमाइश में मुख्य द्वार पर एक बड़ा-सा बोर्ड लगाया गया था। इस पर बड़े-बड़े शब्दों में लिखा था, टैगोर और गुलशन नंदा लाखों में छपने वाले लेखक। कृष्ण चंद्र बहुत पढ़े-लिखे आदमी थे, दुनिया-भर का साहित्य पढ़ते थे। वह इस पढ़ाई से दूसरों की बेख़बरी का पूरा फायदा उठाते थे और इधर का माल उधर करने से भी नहीं चूकते थे।

एक शाम वह बांद्रा के लिंक रोड पर नज़र आ गए। बग़ल में गुलशन नंदा के कई उपन्यास दबाए, एक ठेले से फल खरीद रहे थे। उनके साथ गुलशन नंदा जैसे लेखक की किताबें देखकर मुझे ताज्जुब हुआ और उनसे पूछ बैठा, कृष्ण जी आप तो 'कालूभंगी', 'दो फर्लांग लंबी सड़क' और 'आधे घंटे का खुदा' जैसी कहानियों के बड़े कहानीकार हैं। आपके साथ जो ये बाज़ारू नॉवेल हैं, वह किसलिए? गुलशन नंदा ने तो शायद ही आपकी किताबें कभी पढ़ी हों। आपको इन्हें पढ़कर क्या मिलेगा? कृष्ण चंद्र मेरा सवाल सुनकर मुझे क़रीब के एक होटल में ले गए और मेरे सामने ख़रीदे हुए सेबों में से निकालकर एक मेरे सामने रखते हुए बोले, निदा फ़ाज़ली यह तो मुझे नहीं मालूम इनसे मुझे क्या मिलेगा, लेकिन मैं इन्हें पढ़ना चाहता हूँ। इसलिए कि मेरी किताबें हज़ारों में भी नहीं बिकतीं और इन्हें लाखों पढ़ते हैं। देखो मियाँ कामयाबी और शोहरत किसी को बिला वजह नहीं मिलती। मैं इन्हें पढ़कर इस वजह को जानना चाहता हूँ। उनकी दलील माक़ूल थी। कुछ दिनों के बाद कृष्ण जी यूँ ही फिर मिले। मैंने फिर उनसे पूछा, कृष्ण जी पिछली बार आपके साथ कुछ किताबें थीं, क्या आपने उन्हें पढ़ा? हाँ जी, पढ़ लीं। पढ़ने के बाद इनकी लोकप्रियता की वजह भी मालूम हुई, लेकिन उनकी तरह लिखना आसान नहीं। वह पढ़ने वाले को अपनी अक़्ल के इस्तेमाल की ज़हमत से दूर रखते हैं और मेरी कमज़ोरी मेरी अक़्ल है, जो हमेशा मेरे साथ रहती है। मैं जब भी उसकी तरह लिखने की कोशिश करता हूँ, दो-चार पेजेस के बाद मेरा कृष्ण चंद्र मुझ पर सवार हो

जाता है। कृष्ण जी के दो घर थे। एक घर में वह सलमा सिद्दीक़ी और उनके पहले शौहर के बेटे मुनीर के साथ थे। दूसरे में उनकी पहली बीवी अपने बच्चों के साथ थीं। एक घर में वह मुसलमान थे, दूसरे में हिंदू। पहली पत्नी के होते हुए, उन्होंने दूसरी शादी के लिए अपने आपको मुसलमान बनाया था।

कृष्ण जी कम्युनिस्ट थे। जीवन में जैसे थे, मरने के बाद भी वैसे ही रहे और उनकी पहली बीवी के लड़के ने सलमाजी की ज़िद पर ध्यान दिए बिना उन्हें आग को सौंप दिया। कृष्ण जी अपने युग में एक लीजेंड बनकर जिए। कई विवादों के विषय रहे और .ख़ूब लिखते रहे।

एक थे शकील बदायुँनी

एक थे शकील बदायुँनी। शायर भी थे, फिल्मों के मशहूर गीतकार भी। उनकी शख़्सियत, गुफ़्तगू का अंदाज़ और मुशायरों में उनके शेर सुनाने की जादूगरी उनको देखने और सुनने वालों के लिए अलग ही अनुभव था। आज इन .ख़ूबियों के साथ वह भले ही कथात्मक किरदार महसूस हों, लेकिन बीते हुए ज़माने में वह चलती-फिरती हक़ीक़त थे। शकील की .ख़ुशलिबासी और ताल सुर से सजी आवाज़ जब मंच पर जगमगाती थी तो अच्छे-अच्छों की रोशनियाँ बुझ जाती थीं। वह जिस मुशायरे में आते, कलाम पढ़ने के बाद पूरा मुशायरा अपने साथ ले जाते थे।

इन्हीं कामयाबियों से प्रभावित होकर संगीत निर्देशक नौशाद अली ने उन्हें फिल्मों में गीत लिखने के लिए बुलाया था। फिल्मी ग्लैमर ने उनकी शायरी में चार चाँद लगा दिए और उनके लफ़्ज़ों को कोने-कोने तक पहुँचा दिया था।

शकील का पूरा नाम शकील अहमद था। घर का माहौल शायराना था। उनके वालिद जलील अहमद क़ादरी अपने दौर के अच्छे शायर थे, सोख़्ता के तख़ल्लुस से शेर कहते थे। चचा ज़ियाउल क़ादरी, ग़ालिब के समकालीन मोमिन ख़ां 'मोमिन' की टीका के लिए मशहूर हैं। शकील की शोहरत में उनके तरन्नुम का बड़ा हाथ था। जहाँ तक शायरी का सवाल है, उनकी ग़ज़ल उसी परंपरा का साथ निभा रही थी, जो दाग़ के बाद नए शब्दों में दोहराई जा रही थी।

इस ग़ज़ल की महबूब वही थी, जो कोठे पर गाती थी, मुहब्बत को बाज़ार बनाती आशिक़ को रुलाती थी और गा-बजाकर ग्राहकों का दिल बहलाती थी। शकील का शेर है—

दानिस्ता सामने से जो वह बेख़बर गए
दिल पर हज़ार तरह के आलम गुज़र गए

मैंने पहली बार उन्हें ग्वालियर मेले के मुशायरे में सुना था। गर्म सूट पर मैच करती टाई, बालों की खुशअदाई और चेहरे की रानाई से वो फिल्मी अदाकार ज़्यादा नज़र आते थे। मुशायरा शुरू होने से पहले वह अपने प्रशंसकों से घिरे आटोग्राफ दे रहे थे, उनके होठों की मुस्कुराहट क़लम की लिखावट का साथ दे रही थी। शकील को अपने महत्त्व का अहसास था। वह किसी अभिनेता की तरह नपे-तुले अंदाज़ में कुर्सी पर बैठे थे। उसी मुशायरे में दाग़ के आख़िरी दिनों के शागिर्द नातिक़ गुलावठवी को भी नागपुर से बुलाया गया था। लंबे पूरे पठानी शरीर और सफ़ेद दाढ़ी के साथ जैसे ही वह आते नज़र आए, सारे लोग उनके एहतिराम में खड़े हो गए। शकील इन बुज़ुर्ग के मिज़ाज से वाक़िफ़ थे। वह उन्हें देखते ही, उन्हीं का एक मशहूर शेर पढ़ते हुए स्वागत के लिए आगे बढ़े, लेकिन नातिक़ साहब इस पर खुश होने के बजाए, शकील को देखते ही भड़क उठे। वह अपने हाथ की छड़ी उठा-उठाकर भारी आवाज़ में बोल रहे थे। 'मियाँ शकील, तुम्हारे तो वालिद भी शायर थे और चचा ज़िया भाई भी, तुमसे तो हमें ऐसी उम्मीद नहीं थी। लगता है तुम भी फिल्मी दुनिया में जाकर शायरी की ग्रामर और उसूल भूल गए।' शकील अपने प्रशंसकों के सामने ऐसे अपमान भरे जुमलों के लिए तैयार न थे। वह अपने अपमान को मुस्कान से छुपाते हुए पूछने लगे, 'हुज़ूर! आप जो फ़रमा रहे हैं, वह बज़ा है, लेकिन मैंने किस शेर में कौन-सी ग़लती की है, अगर वह भी बता दें, तो मुझे सुधारने में आसानी होगी।' नातिक साहब पहले के ही अंदाज़ में बोले, 'बरखुरदार! अब क्या सुधारोगे, इसे, वो तो रिकॉर्ड होकर सारे देश में तुम्हें बदनाम कर रहा है।' शकील ने फिर भी नज़रें नीचे किए उनसे पूछा, 'जनाब!

आख़िर वह कौन-सा शेर है, यह तो बताइए।'

'अब पूछ रहे हो कौन-सा? लिखते वक़्त हमें सुनाते, तो हम ठीक करके तुम्हें बेइज़्ज़त नहीं होते देते। वो शेर हमने रेडियो पर सुना था...*चौदहवीं का चाँद हो या आफ़ताब हो/जो भी हो तुम ख़ुदा की क़सम लाजवाब हो*। मियाँ! ग़ौर करो, इन दोनों पंक्तियों का मीटर अलग-अलग है। पहली पंक्ति में एक नोट की कमी है। इस ऐब को पहली पंक्ति में 'तुम' लगा के दूर किया जा सकता था। 'तुम' चौदहवीं का चाँद हो या आफ़ताब हो। क्यों हुआ न ठीक? मियाँ शायरी उस्तादों की जूतियाँ उठाने से आती है, शोहरत कमाने से नहीं आती। तुमने तो ख़ैर अपने शेर में ग़लती की है।

वह शायर है न, क्या नाम है उसका? हसरत जयपुरी....वो तो मशहूर उस्तादों के शेर चुराकर उनको ग़लत इस्तेमाल करता है। शकील के जिस गीत पर एतराज़ किया गया था, वह संगीत निर्देशक रवि ने कंपोज़ किया। पहली लाइन का छंद दोष धुन की ज़रूरत की मजबूरी थी। गीतों में ऐसा अक्सर होता है। मेरा एक गीत है–*कभी किसी को मुकम्मल जहाँ नहीं मिलता/कहीं जमीं तो कहीं आसमाँ नहीं मिलता।* मैंने पहले जैसे लिखा था, इसमें दूसरी पंक्ति में 'तो' नहीं था। ख़य्याम की धुन ने इसमें 'तो' डाल दिया था। शकील अपनी सफ़ाई में इसी क़िस्म की मजबूरी की बात कर रहे थे, लेकिन उस्ताद नातिक़ इससे इत्तिफ़ाक़ करने पर तैयार नहीं थे। शकील जिन दिनों बंबई फिल्म इंडस्ट्री में छाए हुए थे, उन दिनों मजरूह सुल्तानपुरी, साहिर, कैफ़ी और अली सरदार जाफ़री का प्रगतिशील ग्रुप भी काफ़ी सक्रिय था। बंबई का साहित्य दो हिस्सों में बँटा हुआ था। एक हिस्सा शकील और उन जैसे शायरों का था और दूसरा प्रगतिशीलों का, दोनों में नोकझोंक चलती रहती थी। शकील सारे तरक़्क़ीपसंदों को नास्तिक समझते थे। वह यह भी समझते थे, शायरी में सारी बुराइयाँ इन्हीं के कारण पैदा हो रही हैं। इस विषय पर उन्होंने एक कविता भी लिखी थी, जो उनके एक ख़्वाब पर आधारित थी, जिसमें दाग़ उनसे नई शायरी की शिकायत कर रहे थे। इस कविता का अंतिम शेर है–*ये दाग़ 'दाग़' की खातिर*

मिटा के छोड़ेंगे/नए अदब को फ़साना बना के छोड़ेंगे। पता नहीं, उन्हों नए अदब को फ़साना बनाया या इसके विरोध में वह खुद अफ़साना बन गए।

अपने आप से उलझोगे तो टूट जाओगे

बंबई किसी भी आने वाले को आसानी से नहीं अपनाती। कुछ दिन डराती है, कुछ दिन सताती है, कई चप्पलें घिसवाती हैं, तब कहीं जाकर पास बुलाती है। दूसरी बार मैं बंबई आया, तो महानगर की इस अदा से धर्मवीर भारती ने मुझे परिचित करा दिया था। वे मेरे ग्वालियर के दिनों से मुझे जानते थे और ओम प्रभाकर व नरेश सक्सेना की तरह मुझे भी मेरे गीतों से पहचानते थे। उन्होंने 'धर्मयुग' के स्टाफ में शामिल होने का ऑफर भी दिया था, जो मैं अपनी आवारामिज़ाजी के कारण स्वीकार नहीं कर सका। लेकिन इसके बाद शुरुआत की बंबई की हर धूप में उनका प्यार, मेरे घर के पास के नीम की तरह सायादार रहा। हक़ीक़त में नारियल के नगर में नीम जैसी छाया ने ही मुझे यहाँ से दोबारा वापस जाने से रोका था।

अक्सर मेरी रातें जाँनिसार अख़्तर के घर में या साहिर लुधियानवी की 'परछाइयाँ' में बीततीं। साहिर साहब शाही मिज़ाज के आदमी थे। उनकी यह शहंशाहियत उन्हें विरासत में मिली थी। उनके वालिद लुधियाना के बड़े जागीरदार थे। बड़े जागीरदार होने के नाते कई पत्नियों के अकेले पति थे। उनमें एक साहिर की माँ भी थीं। इत्तिफ़ाक़ ही बात है, उनके हरम में सिर्फ़ साहिर की वालिदा ने ही जागीर का वारिस पैदा किया और जो इस खुशक़िस्मती के कारण सबकी दुश्मनियों के घेरे में थे। इन ख़तरों से बचाने के लिए साहिर की वालिदा अपने बेटे के साथ इलाहाबाद में अपने भाई के यहाँ शिफ्ट

हो गई थीं।

साहिर को अपने पिता की जागीर से तो कुछ नहीं मिला, लेकिन समाज ने उन्हें वह सब कुछ दिया, जो उन जैसी शाहाना ज़िंदगी जीने के लिए काफी से ज्यादा था। जिस बिल्डिंग–'परछाइयाँ' में वह रहते थे, वह पूरी उनकी थी। इसके साथ कई कारें, कई कामयाब फिल्में, बड़ा बैंक बैलेंस, हर समय उनके साथ घूमता-फिरता था।

मैं अक्सर शाम होते ही उनकी तरफ चला जाता था और बढ़िया खानों व महँगी शराबों की मेज़बानी का लुत्फ़ उठाता था। ये उन दिनों की बात है, जब मेरी उम्र सामाजिक अदब-आदाबों से बेख़बर, जीवन को किताबों के आईने से देखा करती थी। साहिर को अपने आप से दीवानगी की हद तक इश्क़ था। अपनी शायरी और फिल्मी गीतकारी में अपनी सफलता की तुलना में दुनिया का हर विषय उन्हें उस समय तक बेमानी लगता था, जब तक उसका रिश्ता उनकी इन विशेषताओं से नहीं जुड़ता था। साहिर दिल्ली से अपने साथ अपनी क़िस्मत भी लाए थे–

कोशिश भी कर, उम्मीद भी रख,
रास्ता भी चुन
फिर उसके बाद थोड़ा मुक़द्दर तलाश कर

उनके बेशतर समकालीन जाँनिसार, सरदार जाफ़री, कैफ़ी आज़मी वग़ैरह जीवन भर उसकी तलाश करते रहे, लेकिन मुक़द्दर आसमान के चाँद की तरह हमेशा उन्हें दूर से ही लुभाता रहा और साहिर की क़लम देश के कोने-कोने में धूम मचाती रही। इस जल्दी और मुसलसल कामयाबी ने उनका संबंध उस चलती-फिरती ज़िंदगी से तोड़ दिया था, जिसने उनके मशहूर संग्रह 'तल्ख़ियाँ' में तल्ख़ी जगाई थी और जिसकी वजह से उनकी शायरी ने शोहरत कमाई थी। एक रात शायद मुझे नशा ज़्यादा हो गया था, और उस नशे में मैं प्रैक्टिकल होने के बजाय किताबी ज्यादा हो गया था। मेरा एक शेर है–

धूप में निकलो, घटाओं में नहा कर देखो
ज़िंदगी क्या है, किताबों को हटाकर देखो

प्रगतिशील साहित्य के व्यापक संदर्भ में उस रात मुझे साहिर की शायरी उतनी अच्छी नहीं लगी, जितनी रोज़ उन्हें लगती थी। उस रात मेरे होठों से फ़िराक़ और फ़ैज़ की प्रशंसा में कुछ जुमले निकल गए थे, जो साहिर की मेहमाननवाज़ी की शर्तों को नकारते थे।

अपने ही घर में किसी मेहमान के मुँह से दूसरों की तारीफ़ सुनकर साहिर का नाराज़ होना जरूरी था। उस नाराज़गी ने न सिर्फ साहिर के लफ़्ज़ों में मेरी औक़ात बताई, बल्कि खाने की मेज़ से भी मुझे उठा दिया। साहिर की गुस्से भरी आवाज़ को सुनकर, उनकी माँ अंदर से बाहर आकर दरवाज़े पर खड़ी हो गई थीं और साहिर उनसे मेरी शिकायत कर रहे थे।

'माँ जी, देखा, मैंने इसकी हालत पर तरस खाया और नतीजे में यह पाया। मेरे सामने ही मेरी बुराई कर रहा है।' दूसरों की तारीफ़ को वह अपनी बुराई मानते थे।

मैं मेज़ से उठकर दरवाजे की तरफ बढ़ा ही था कि देखा, साहिर मेरे कंधे पर हाथ रखे कह रहे हैं, 'नौजवान, इतनी रात को जा रहे हो...खाना नहीं खा रहे हो, तो ये रुपए रख लो।' वह मुझे कुछ देना चाहते थे, लेकिन मैंने नहीं लिया और तेज़ क़दमों से नीचे उतर आया।

वह पूरी रात मैंने अँधेरी के एक लोकल स्टेशन पर एक जागती बेंच पर गुज़ारी। बंबई फ़ासलों का शहर है। दूर-दराज़ के रहने वाले आख़िरी लोकल के निकल जाने पर इसी तरह स्टेशनों पर ही रातें बिताते हैं लेकिन स्टेशनों पर ऐसी ही कई जागती रातें मेरी कई ग़ज़लों और कविताओं की रचनाकार हैं। उनमें से 'बंबई' शीर्षक से एक नज़्म यूँ है—

ये कैसी बस्ती है मैं किस तरफ़ चला आया
फ़ज़ा में गूँज रही हैं
हज़ारों आवाज़ें
सुलग रही हैं हवाओं में

अनगिनत साँसें
जिधर भी देखो
खवे, कूल्हे, पिंडलियाँ, टाँगें,
मगर कहीं कोई चेहरा
नज़र नहीं आता–
यहाँ तो सब ही बड़े छोटे
अपने चेहरों को
चमकती आँखों को, गालों को
हँसते होंठों को
सरों के ख़ोल से बाहर निकाल लेते हैं,
अजीब बस्ती है ये
इसमें न दिन न रात, न शाम
बसों की बेंच में सूरज/तुलू होता है
झुलसती टीन की खोली में
चाँद सोता है
यहाँ तो कुछ भी नहीं
रेल और बसों के सिवाय
ज़मीं पर रेंगते बेहिस
समंदरों के सिवा
इमारतों को निगलती
इमारतों के सिवा...
ये क़ब्र-क़ब्र जज़ीरा
किसे जगाओगे
खुद अपने आप से उलझोगे
टूट जाओगे

ऐसी ही परेशानी की एक रात 1992 में आई थी, जब महाराष्ट्र में शिवसेना की हुकूमत ने बहुत सारा अँधेरा फैजाबाद से इंपोर्ट किया था और उसे कई दिनों तक सरकारी मेहमान बनाया गया था। उस अँधेरे ने पहली बार बंबई में मेरे मुसलमान होने की सूचना दी थी

और मैं भी दूसरे मुसलमानों की तरह अपने घर से अपने नाम की तख़्ती निकाल रहा था। अब तक मेरे लिए मुसलमान होना महज़ इत्तफ़ाक़ था...क्योंकि पैदा होने से पहले किसी से नहीं पूछा जाता कि वह कहाँ पैदा होना चाहता है। पैदा होने के बाद ही उसे घर, धर्म और भाषा की इत्तिला दी जाती है। वह घर जिस शहर में होता है, वह आपका घर हो जाता है, वह शहर एक प्रांत में होता है, वह प्रांत आपका हो जाता है। वह घर जिसमें जन्म होता है, उसमें एक धर्म होता है, वह धर्म आपका हो जाता है। मीर तक़ी मीर ने क्या ख़ूब कहा था–

नाहक़ हम मजबूरों पर यह
तोहमत है मुख़्तारी की...

मुझे भी इस 'मजबूरी' की 'मुख़्तारी' की सज़ा मिली, तो मुझे मेरा एक कवि दोस्त कमल शुक्ला अपने घर ले गया। पूरे शहर में मारधाड़ थी और मैं अपने घर से दूर हिंदुत्व के राज में एक हिंदू के घर में महफ़ूज़ रातें बिता रहा था। कमल शुक्ला अब इस दुनिया में नहीं है, लेकिन उसके घर में गुज़री वे दो रातें आज भी मेरे साथ हैं। उन्हीं दो रातों में मैंने सोचा था–कुत्तों और बिल्लियों को एक ही नाम से पुकारा जाता है। कहीं का भी कुत्ता हो, कुत्ता ही होता है, कहीं की भी बिल्ली हो बिल्ली ही कहलाती है। हमारी राजनीति ने भी हमें कुत्ते-बिल्लियों जैसा बना दिया है, जबकि हक़ीक़त यह है कि हिंदू तो गांधी भी होता है, विवेकानंद भी होता है और छोटा राजन भी होता है। और मुसलमान, अमीर खुसरो भी होता है, मौलाना आज़ाद भी होता है और दाऊद इब्राहीम भी होता है–

चाहे गीता बाँचिए या पढ़िए क़ुरआन
मेरा-तेरा प्यार ही हर पुस्तक का ज्ञान

हमारा देश हिंदुस्तान भी ट्रेन की तरह है। उसका नाम भले ही एक हो, लेकिन इसमें कई डिब्बे हैं। हर डिब्बे में छोटे-बड़े कई डिब्बे हैं...देश भीड़ से नहीं, भीड़ में शामिल व्यक्तियों से बनता है।

आज की राजनीति का सबसे बड़ा दोष यही है। वह भीड़ की तरफ जाती है, व्यक्ति की ओर नहीं। और जब तक यह रवैया नहीं अपनाया जाएगा, देश आगे बढ़ने के बजाय पीछे की ओर ही जाएगा। अकबर इलाहाबादी का एक शेर है–

क़ौम के ग़म में डिनर खाते हैं,
हुक्काम के साथ
रंज लीडर को बहुत हैं
मगर आराम के साथ।

अपने अक्स में किसी और की तलाश : कमाल अमरोही

एक थे कमाल अमरोही! महक, पाकीज़ा, दायरा, और रज़िया सुल्तान जैसी फिल्मों के निर्देशक, सोहराब मोदी की 'पुकार' के संवाद लेखक, मीना कुमारी के पति, बंबई के सबसे बड़े स्टूडियो 'कमालिस्तान' के मालिक! मेरी मुलाक़ात उनसे तब हुई, जब वह अपनी फिल्म रज़िया सुल्तान बना रहे थे। रज़िया के गाने जाँनिसार अख़्तर लिख रहे थे। वह फिल्म पूरी होने से पहले गुज़र गए। इसमें बाकी के दो गानों के लिए उन्होंने मुझे स्टूडियो में याद किया था—मैं उनसे अप्रैल में मिला था। सेट लगा हुआ था।

वह एक बड़ी-सी कई रंगों की छत्री के नीचे बैठे गीत के बारे में समझा रहे थे, हमारी दास्तान उस मुक़ाम पर आई है, जहाँ मलिका-ए-आलिया, रज़िया सुल्तान यानी हेमामालिनी, सफ़ेद लिबास में मलबूस (सफेद कपड़े पहने) अस्पे स्याह (काले रंग का घोड़ा) पर सवार खरामा-खरामा (आहिस्ता-आहिस्ता) चली आ रही है। हमारा आल-ए-अक्कासी (कैमरा) उनके खैर मक़दम के लिए आगे बढ़ता है और मलिका के हुस्नो-शबाब को देखकर शशदर हो गया (शॉट फ्रीज़) कमाल साहब की अमरोहा की गाढ़ी उर्दू के बीच-बीच में ख़ालिस हिंदुस्तानी के बोल—मुझे बिठा दो, थोड़ा बिठा दो—भी मेरे कान में आ रहे थे। ये बोल एक बूढ़े सिपाही के मुँह से निकल

रहे थे, जो लोहे का असली ज़िरह बख़्तर (लोहे की ज़ंजीरों से बना पहनावा जिसे पुराने युग में फ़ौजी पहनते थे) पहने हुए, धूप भरे मैदान में खड़ा तप रहा था। मुझे जब कमाल साहब ने उस बुज़ुर्ग की तरफ देखते हुए देखा तो संजीदगी से कहा आप जिन्हें देख रहे हैं, उनके हम पर बड़े अहसान हैं। इन्होंने हमें पहला ब्रेक दिया इन्हीं की मेहरबानी से अमरोहे का एक गुमनाम नौजवान आज का कमाल अमरोही है। इनका नाम है सोहराब मोदी—कमाल साहब उनके अहसानात गिनवा रहे थे और सोहराब मोदी सुलगती धूप में बुदबुदा रहे थे...मुझे बिठा दो...। कमाल साहब से दूर हो जाने के बाद मीना कुमारी आज़ाद पंछी की तरह लगातार अपने आशियाने बदलती रही थीं। इन आशियानों के कई नामों में एक नाम धर्मेंद्र का भी था, जिन्हें बाद में कमाल साहब ने रज़िया में हेमा जी के साथ हीरो साइन किया था।

रज़िया में धमेंद्र रज़िया सुल्तान के हब्शी आशिक़ 'याकूब' की भूमिका निभा रहे थे। कमाल साहब पूरे दिन में मुश्किल से एक शॉट लेते थे। कभी-कभी वह एक शॉट भी दूसरे दिन के इंतज़ार में लटका रहता था। लेकिन धर्मेंद्र काले भूत बने आईने में खुद को देख पाते थे, न किसी से हाथ मिला सकते थे। लोगों का ख़्याल था मीना कुमारी उनसे दूर होकर, जिन-जिन के नज़दीक रही थीं, सबके नाम उनकी प्राइवेट डायरी में दर्ज थे। उन सबसे अपनी हतक का बदला लेने के तरीक़े भी उन्होंने सोच रखे थे। धर्मेंद्र को हीरो की भूमिका में लेकर, रोज़-रोज़ उनका मुँह काला करना भी ऐसा ही एक तरीक़ा था। मीना कुमारी कमाल साहब की दूसरी बीवी थी। दोनों की उम्रों के फ़र्क़ ने शादी को कामयाब नहीं होने दिया। शादी की नाकाम ने उनके अंदर मीना के लिए जो मुहब्बत थी, उसे कभी कम नहीं होने दिया। वह मीना को खोकर ताउम्र मीना को ही ढूँढ़ते रहे। उनकी आख़िरी शादी की वजह भी मीना की तलाश ही थी।

यह कैसी कशमकश है ज़िंदगी में
किसी को ढूँढ़ते हैं हम किसी में।

बिल्क़ीस उनके पास, एक अभिनेत्री के रूप में आई थी। उसका चेहरा तो कहीं-कहीं मीना से मिलता था, लेकिन आवाज़ से हूबहू मीना जी का धोखा होता था। उन्होंने इन खूबियों के कारण ही अभिनय के लिए आने वाली को घरवाली बना दिया। बिल्क़ीस और कमाल साहब की बेटी की उम्र एक-सी थी।

कमाल साहब का अंदाज़ और रहन-सहन शाहाना था। वह भागती-दौड़ती बंबई में थम-थम के चलते। अमरोहा के वासी थे। वहीं की फ़ारसी मिश्रित उर्दू में गुफ़्तगू फरमाते थे, चाँदी की सलाई से पान में चूना लगाते थे। सोने की सलाई से कत्था लगाते थे, कमालिस्तान स्टूडियो में ताजलमहल नुमा अपनी बैठक में महफ़िलें सजाते थे। उनके असिस्टेंट्स और स्टूडियो में दूसरे काम करने वाले ज्यादातर उसी अमरोहा के थे जहाँ उनके दो लड़कों और एक लड़की की माँ तन्हाई की ज़िंदगी गुज़ार रही थी। कमाल साहब हर मुहर्रम में दस दिनों के लिए अमरोहा जाते थे। मजलिसों में कर्बला के शहीदों पर आँसू बहाते थे और घर में घरवाली को अपने होने का यकीन दिलाते थे। उनकी हर फिल्म बान नदी के किनारे बसे अमरोहा की तहज़ीब और उसके मूल्यों के इर्द-गिर्द घूमती थी। वह इसी माहौल से कहानियाँ बनाते थे।

जब से क़रीब होके चले ज़िंदगी से हम
खुद अपने आईने को लगे अजनबी से हम

कमाल साहब हुस्नपरस्त इंसान थे। वह शरीर से भले ही बूढ़े हों, लेकिन आँखों से हमेशा जवान थे। आँखों की जवानी ने ही मीना कुमारी को अपनाया, बिल्क़ीस से रिश्ता बनाया और इसी ने उन्हें, खूबसूरत संवादों का लेखक बनाया। वह दोपहर के खाने के बाद एक घंटा आराम के आदी थे। आँख खुलते ही वह सामने वाली कुर्सी पर किसी हसीना का दीदार फ़रमाते थे। यह हसीना हर रोज़ बदलती रहती थी। रोज़-रोज़ की इस तब्दीली के बारे में उनका कहना था, 'एक चेहरे को बार-बार देखने से एक तो हुस्न का आकर्षण कम हो जाता है, दूसरे देखने वालों की आँखों की रौशनी भी कमज़ोर

हो जाती है। एकरसता को खुदा भी पसंद नहीं करता, इसीलिए हर युग में दुनिया पहले से अलग दिखाई देती है।'

'रज़िया सुल्तान' उनकी आख़िरी फिल्म थी। इसके बाद भी वह नई फिल्म का प्लान बनाते हैं, लेकिन जब उनके लड़के और लड़की बार-बार उनके बूढ़े होने का अहसास दिलाते हैं, तो वह सचमुच बूढ़े हो जाते हैं। और यह फिल्म तीन गीतों की रिकॉर्डिंग के बावजूद आगे नहीं बढ़ी। बूढ़े होने के बाद पहले वह अपनी जवान पत्नी को तलाक़ देकर उसके लिए उसी की उम्र का लड़का तलाश करते हैं और फिर सजे-सजाए घर और नई कार की चाबियाँ उसके हवाले करके बांद्रा के पुराने घर में बेटों के साथ रहने लगते हैं। बिल्क़ीस की शादी में वह शरीक होकर उसे बधाई देते हैं। बिल्क़ीस अब दो बच्चों की माँ है। कमाल साहब की तबीयत रोज़-ब-रोज़ ख़राब होने लगती है। उनकी बीमारी की सूचना, पाकिस्तान से आए उनके कज़िन और शाइर जॉन एलिया से मिली तो मैं उनसे मिलने गया। मीना कुमारी की एक बड़ी-सी तस्वीर के नीचे एक मसहरी पर वह ख़ामोश बैठे थे। मुझे देख वह मुस्कुराए और अपने मख़सूस लहजे में मुझसे शेर सुनने की फ़रमाइश की। मैं अक्सर उन्हें शेर सुनाया करता था—

कुछ तबीयत ही मिली थी ऐसी,
चैन से जीने की सूरत न हुई
जिसको चाहा उसे अपना न सके,
जो मिला उससे मुहब्बत न हुई

शेर की तारीफ़ करते हुए उनका हाथ अचानक अपने चेहरे की तरफ गया। कई दिन से उन्होंने शेव नहीं किया था। दाढ़ी के बाल हाथों में चुभे तो उन्होंने अपनी बेटी रुख़सार को आवाज़ देकर आईना मँगाया। चेहरे के सामने रख खुद को देखा और फिर मुँह बनाते हुए भारी आवाज़ में खुद से ही कहा—जी नहीं, यह कमाल अमरोही नहीं हैं, रुख़सार, हज्जाम को बुलाओ!

कुछ देर बाद नाई आया और लेटे-लेटे उनका शेव बनाया। नाई से लेकर उन्होंने फिर आईना देखा और मुस्कराते हुए बोले—अब

नज़र आए हैं आप...और आईने में अपने ही अक्स से मुस्कुराते हुए कहते हैं, 'अस्सलामो-अलेकुम... कमाल अमरोही साहब'!

एक लंबी रचनात्मक ज़िंदगी की दास्तान के ये आख़िरी अल्फ़ाज़ थे। कमाल साहब हमेशा के लिए ख़ामोश हो गए थे...लेकिन दीवार पर टँगी बड़ी-सी तस्वीर में मीना कुमारी उनके साथ वैसे ही मुस्कुरा रही थीं।

एक थे वीरेंद्र मिश्र...

एक थे वीरेंद्र मिश्र। देखने में भी भाते थे सुनने में भी लुभाते थे, और कई बार मिलकर भी मुसलसल याद आते थे। मेरा एक शेर है, *'उससे दो चार दफ़ा और मिलें/जिसको दिल से न भुलाया जाए'*, लेकिन वीरेंद्र जी से कई बार मिलकर खुद मुझे अपना शेर झूठा लगने लगा। उनसे हर नई मुलाक़ात के बाद उनका जो रूप याद बन जाता था, वो आँखों से झाँकती चमकदार मुस्कुराहट थी या होंठों से फूटता वो क़हक़हा था, जो छोटे-छोटे चाँदी के घुँघरुओं जैसा देर तक कानों में खनखनाता रहता था। ऐसा नहीं है कि जीवन के दुखों में उनकी हिस्सेदारी नहीं थी, परंतु वह अपने दुखों को घर में छोड़कर ही बाहर आते थे। और जब भी, जबतक जिसके साथ नज़र आते थे, केवल मुस्कुराते थे या खनखन करता ठहाका लगाते थे। वह मुझसे सीनियर थे। मेरे कॉलेज के दिनों के लोकप्रिय गीतकार थे। वो ग्वालियर से दिल्ली गए, दिल्ली से बंबई आए, पर वह कितने ही अंतराल से भी मिले कभी बूढ़े नज़र नहीं आए। हर जगह उनकी आँखों से कोई बच्चा ही झाँकता दिखाई दिया। उम्र के साथ यह बच्चा बहुत-सों का साथ छोड़ देता है, लेकिन वीरेंद्र मिश्र ने उसे शुरू से आख़िर तक दुनिया के गर्म-सर्द से बचाया और इसी को अपनी पहचान बनाया। बढ़ती उम्र में इसी बचपने की हिफ़ाज़त ने उनके काव्य संसार को छोटा नहीं होने दिया। हर पुराने दृश्य में उन्हें कुछ न कुछ नया नज़र आता रहा। और जो जीवन यात्रा 1 दिसंबर 1927

में मुरैना से शुरू होकर राजधानी दिल्ली में 1 जून 1995 को समाप्त हुई, उसमें वह हर दृश्य को गीत बनाते रहे। अपने मधुर कंठ से श्रोताओं को सुनाते रहे, पत्र-पत्रिकाओं में छपवाते रहे। उन्होंने जीवन के 68 वर्षों में 12 गीत संग्रह के साथ कई रेडियो नाटक, संगीत रूपक और बहुत-सी बाल पुस्तकों में अपनी क़लम को आज़माया। इतना कुछ करने के बाद भी वह थोड़े दुखी थे। क्योंकि अपने बारे में उनकी जो राय थी, उससे साहित्य की समकालीन आलोचना सहमत नहीं थी। इस असहमति को सहमति बनाने के लिए वो तमाम ज़िंदगी संघर्षरत रहे। ग्वालियर में आलोकन और बंबई में संघामित्रा की स्थापना इसी जद्दोजहद की निशानियाँ हैं।

वीरेंद्र जी मंच के लोकप्रिय कवि थे। वे जब मंच से सुनाते थे, तो अपनी मधुर आवाज़ और नई-नई धुनों के अंदाज़ से दीवाना बनाते थे। पत्रकारिता से उन्होंने अपने सफ़र की शुरुआत की। उसके साथ छोटी-बड़ी मुलाज़िमतें भी कीं, रेडियो में काम किया, थोड़ा समय दूरदर्शन को भी दिया। अंत में बड़े परिवार की आर्थिक विवशताओं ने मंच का बना के रख दिया। मंच पर दो तरह के कवि आते हैं, कुछ भवानी भाई या सुमन जी जैसे, जो श्रोताओं का स्तर बढ़ाते हैं और कुछ तालियों के लोभ में खुद सुनने वालों के स्तर पर नीचे उतर जाते हैं। मैंने मुशायरों के शायरों पर अपनी पुस्तक 'चेहरे' में लिखा है, ये शायर अपनी ज़िंदगी में मुशायरों में हर तरफ थे, लेकिन अदब में बरतरफ़ थे।

एक रात टीवी पर एक कवि सम्मेलन देख रहा था। हास्य-व्यंग्य के चुटकुलेबाज़ कवि और कई जाने-पहचाने गीतकार समां बाँध रहे थे। जनता खूब तालियाँ बजा रही थी, लेकिन कविताओं में कविता कम नज़र आ रही थी। कोई समाचार पत्र में छपी खबरों को दोहरा रहा था, कोई शब्दों के इकहरेपन पर तालियाँ बजवा रहा था। मैंने कवि सम्मेलन सुनते हुए, धर्मवीर भारती से फोन पर पूछा—'भारती जी, आप कवि सम्मेलन देख रहे हैं? क्या राय है आपकी।' भारती जी का उत्तर था, 'निदा फ़ाज़ली! रात के साढ़े ग्यारह बजे मेरी राय यह है कि तुम अपना समय बर्बाद कर रहे हो। अगर और जागो

तो टीवी बंद करके कुछ कविताएँ कागज पर उतार कर कल धर्मयुग के लिए भेज दो।'

प्रख्यात गीतकार शंभूनाथ सिंह ने 1982 में नवगीत दशक-1, नवगीत दशक-2 का संपादन किया। पहले दशक में नईम से लेकर शंभूनाथ सिंह तक 10 गीतकार शामिल किए गए हैं और दूसरे दशक का शुभारंभ कुमार शिव, ओम प्रभाकर के गीतों से और अंत अमरनाथ श्रीवास्तव पर होता है। इनमें वीरेंद्र जी के गीतों को जगह नहीं दी गई। यही नहीं, जब उन्होंने नवगीत समारोह का एक आयोजन बंबई में किया, तो इसमें भी वीरेंद्र जी को आमंत्रित नहीं किया। वीरेंद्र की पंक्तियाँ हैं–

दूर होती जा रही है कल्पना
पास आती जा रही है ज़िंदगी।

वीरेंद्र जी कवि सम्मेलनों के सफल गीतकार थे। स्टेज से उनकी आवाज़ और अल्फ़ाज़ देश के कोने-कोने में परवाज़ करने लगे। लगभग एक दर्जन फिल्मों में लिखे गीतों ने भी उनको शोहरत दी। देव, निराला व सोवियत भूमि पुरस्कार ने उनके सामाजिक दायित्व तथा प्रगतिशीलता को भरपूर अंदाज़ से सराहा। गीतों में छंद प्रयोग और उनकी नई-नई धुनों के कारण भी वीरेंद्र जी अपने समकालीन गीतकारों में अलग नज़र आते थे। वे शुरू से विद्रोही मिज़ाज के कलाकार रहे हैं। उनकी रचनाओं में एक ऐसा समाज नज़र आता है, जिसमें आदमी को उसके धर्म, क्षेत्र और भाषा से नहीं जाना जाता, उसे उसकी इंसानियत से पहचाना जाता है। मिर्ज़ा ग़ालिब का एक मशहूर शेर है–

बसकि दुश्वार है हर काम का आसाँ होना
आदमी को भी मयस्सर नहीं इंसाँ होना...

वीरेंद्र जी का गीत भी आदमी के इंसान बनने की निरंतर यात्रा का दस्तावेज़ है। उनके कई गीत जैसे *'मेरा देश है यह, इससे प्यार मुझको/ कंधे पर धरे हुए खूनी यूरेनियम/पीर मेरी कर रही ग़मग़ीन*

मुझको' या—

'बार बार राजा, मंत्री और प्यादा बदलने से क्या होगा
बदलना हो तो इस काठमहल को बदलो।'

जैसे गीत मंच से बार-बार सुने जाने के बावजूद लंबे समय तक अपनी मौजूदगी का अहसास दिलाते थे। वह हर बार इस तरह सुनाते थे कि श्रोता मुग्ध हो जाते। मेरे सीखने के दौर में उनकी संस्था आलोकन और संघमित्रा का अहम रोल रहा है। बंबई में उनके साथ अक्सर शामें बिताने का अवसर मिला। मैंने कमाल अमरोही और राज कपूर जैसे निर्देशकों के साथ काम किया है। इन निर्देशकों की विशेषता थी कि वह फिल्म में ही सोते थे, फिल्म में ही जागते थे। वीरेंद्र जी भी जब भी मिलते, केवल गीत विधा पर ही बात करते थे। इसी चर्चा में दिन को रात करते थे। दूसरे विषय कभी बीच में आ भी जाते, तो घुमा-फिरा कर थोड़ी देर में उन्हें गीतों से जोड़ देते थे। बंबई में एक शाम मैं उनके साथ था। एक स्थानीय कवि कुंतल कुमार जैन की मुक्त छंद कविताओं का संग्रह आया था। वह समय साहित्य की दृष्टि से बहुत उथल-पुथल का था। कुंतल ने भी अपनी पुस्तक के विमोचन के लिए दादर और माहिम के बीच का एक श्मशान चुना था। इसमें मुख्य अतिथि दो हिजड़े थे। इन दोनों के हाथों से संग्रह का फीता कटवाया गया। विमोचन के बाद उनमें से एक हिजड़े ने ताली बजाकर दो-तीन वाक्य बोले, 'देखो जी अपुन को कविता नहीं आती, हम तो केवल यहाँ यूँ आए हैं कि हमें, कुंतल भैया से प्रेम है।' कुंतल की तरफ इशारा करते हुए कहा, 'दिल इस पर वार दिया...प्यार किया।' वीरेंद्र जी मेरे साथ खड़े थे। मुख्य अतिथि का भाषण सुनकर अचानक उनकी ख़ामोशी शब्द बन गई। वह जहाँ खड़े थे वहीं से बोले, 'भैया यह वार दिया-प्यार किया तो ख़तरे की घंटी है। हमें डर है कहीं बेचारे मुक्त छंद को एड्स न हो जाए....' वीरेंद्र जी केवल गीत को ही कविता मानते थे।

फूल में कितना वज़न है, शूल में कितनी चुभन है
यह बताएँगे तुम्हें वे, लुट गया जिनका चमन है।

ऐसा था साहित्य संगम...

चालीस साल पहले के ग्वालियर में नई सड़क पर आज के डिलाइट और फिल्मिस्तान टाकीज़ के बीच किताबों की एक दुकान। यह दुकान चलती हुई सड़क के दाएँ-बाएँ दो हिस्सों में थी। इस दुकान के मालिक लालाराम बघेल थे। वह पहले घर-घर दूध पहुँचाते थे, कम्युनिस्ट पार्टी से ज़ुड़ने के बाद उन्हीं घरों में इल्म की रौशनी फैलाते थे। अंग्रेजी लेखिका अनीस जंग की एक पुस्तक का नाम है, 'व्हेन दि प्लेस, बिकम्स दि पर्सन' (जब स्थान पात्र बन जाता है)। साहित्य संगम ऐसा ही एक किरदार है। इस किरदार के अपने रात-दिन थे, अपने संस्कार थे, साहित्य के अपने मेयार थे। यह दुकान नगर की जिस सड़क के दाएँ-बाएँ थी, उससे आम आदमी तो गुज़र सकता था, लेकिन किसी साहित्यकार को उधर से निकलने के लिए साहित्य संगम से इजाज़त लेना जरूरी था। अगर कोई इस अलिखित पाबंदी को तोड़ने का जोखिम उठाता, तो इस तरह हास्य-व्यंग्य का निशाना बनाया जाता कि बेचारा दिनों अपने किए पर पछताता था। यह हास्य-व्यंग्य एक परीक्षा के रूप में होता था, जिसमें ताबड़तोड़ कई प्रश्न पूछे जाते थे। साहित्य के इतिहास के बारे में, गौतम और महावीर के दर्शन के बारे में, अस्तित्ववादी फिक्शन के बारे में, ग़ालिब की शायरी के बारे में, निराला और मुक्तिबोध के काव्य के बारे में। इन सारे सवालों का उचित जवाब न देने पर, बिना स्वीकृति सड़क से गुज़रने के अपराध पर सज़ा सुनाई जाती थी और उसकी जेब

से पैसे जबरदस्ती निकालकर, कभी चाय मँगाई जाती थी, अगर रक़म ज्यादा हो, तो चाय के साथ क़रीब के हलवाई की दुकान से दही-जलेबी भी मँगवाई जाती थीं। ऐसी चाय और दही-जलेबी खिलाने वालों में कुछ ऐसे भी साहित्यकार थे, जो जानबूझकर मासूम बन जाते थे और पढ़े-लिखे भूखे नौजवानों को खिला-पिला कर पुण्य कमाते थे। साहित्य में उस समय जो नया हो रहा था साहित्य संगम उसका आईना था। छोटी-सी यह दुकान, जिसमें मुश्किल से तीन-चार लोग बैठ सकते थे और एक-दो खड़े हो सकते थे, अपने अंदर सारे जहान को समाए हुए थी। फ़ैज़ का संग्रह पाकिस्तान में आता और उसका जश्न साहित्य-संगम में मनाया जाता था। एडवर्ड सईद की पुस्तक 'ओरिएंटलिज़्म' अमेरिका में आती थी और लेखक को बधाई यहाँ दी जाती थी। अरब के नजीब मेहफूज़ के लिए नोबल प्राइज़ घोषित किया जाता, तो यहाँ उसकी कहानियों को हाथों-हाथ लिया जाता था।

दीवारें उठाना तो लोगों की सियासत है
यह दुनिया जहाँ तक है इंसाँ की विरासत है।

रोज यहाँ आने वालों में कुछ वे होते थे, जो विभिन्न कॉलेजों में पढ़ाई कर रहे थे और कुछ वे थे, जो ऊँची पढ़ाई खत्म करके बेरोज़गारी से गुज़र रहे थे। इन सबकी प्रेरणा सीपीएम के नौजवान लीडर मोतीलाल शर्मा थे। दुनिया के किसी कोने में जब भी किसी विषय पर कोई अदबी किताब आती थी, मोतीलाल जी के पास पहुँच जाती थी और वहाँ से साहित्य संगम में आकर सब में फैल जाती थी। शहर में हिंदू महासभा और जनसंघ, समाज को धर्म के शास्त्रों से विभाजित कर रही थी। और नगर की यह छोटी-सी दुकान सेक्यूलर भारत के नक़्शे में नित्य नये रंग भर रही थी। यहाँ कोई हिंदू था न मुसलमान था, जो भी था इंसान था। ऐसा इंसान, जिसके माथे पर जोरोस्टर के नूर का निशान था, ईसा के प्यार पर जिसका ईमान था, दिल में गीता थी, हाथ में कुरआन था और जो गाँधी, नेहरू और टैगोर के सपनों का हिंदुस्तान था। मेरी शायरी भी इसी खुले

माहौल का वरदान थी।

बाहर से जो भी लेखक या कवि-शायर ग्वालियर आता था, वह साहित्य संगम में हाज़िरी दिए बिना नहीं जाता था। वे लेखक या अदीब जो मंच पर दूर का जलवा होते थे यहाँ आकर आम आदमी की तरह पेश आते थे। मराठी के शाहीर अमर शेख ने यहीं **दफ** पर उँगलियाँ चला-चला कर ढेरों कविताएँ सुनाई थीं। शरद जोशी और हरिशंकर परसाई ने इसी दुकान की छोटी-सी मंडली के सामने अपने व्यंग्य दोहराए थे। कैफ़ी आज़मी मेले के मुशायरे में आए थे, लेकिन यहाँ आकर उन्होंने जो कविता सुनाई वह बिल्कुल नई थी। बाद में इसे चेतन आनंद की फिल्म 'हक़ीक़त' में शामिल किया गया और फिर यह पूरे देश में बरसों तक गूँजा–

कर चले हम फिदा जानों-तन साथियो
लो तुम्हारे हवाले वतन साथियो।

मकबूल फ़िदा हुसेन भी यहाँ आए थे। उन्हें देखने के लिए बाहर भीड़ बढ़ती जा रही थी, लेकिन वह अंदर एक मामूली काग़ज़ पर ग़ालिब की एक पंक्ति की तस्वीर बनाने में **महूव** थे। तस्वीर बनाकर जब वह बाहर आए, तो उनके नंगे पाँव देखकर पंडित चाय वाले ने अपने पुराने जूते उन्हें देना चाहे, तो वह मुस्कुराए और कहा, 'पंडित जी ये जूते धूप में तुम्हारे काम आएँगे, लेकिन मुझे सताएँगे, मेरे पाँवों को धरती के स्पर्श की आदत पड़ गई है।' साहित्य संगम में उस समय नौजवानों की जो मंडली जुड़ती थी, उसके कई नाम आज साहित्य के सम्माननीय नाम हैं। इनमें 'नौकर की कमीज़' वाले विनोद कुमार शुक्ल हैं, 'समुद्र पर हो रही बारिश' वाले नरेश सक्सेना भी हैं। 'खूबसूरत बहू' वाले नाग बोडस हैं, 'पुष्प चरित' वाले नवगीतकार ओम प्रभाकर भी हैं और इनके साथ 'किनारे के पेड़' वाल मुकुट बिहारी सरोज भी हैं। सरोज जी ने लंबे अरसे से कुछ नहीं लिखा था। वह नए रचनाकारों को ग़ौर से सुनते थे और जाते समय केवल इतना ही कहते थे, 'कोई बात नहीं, अगर मैं नहीं लिख रहा तो क्या, काम तो हो रहा है।' इससे उनकी मुराद सामाजिक

सूझबूझ से थी। साहित्य संगम के रचनाकारों में वह इसी दर्शन की झलक पाते थे और इसी से अपने न लिख पाने को बहलाते थे।

उन दिनों विनोद शुक्ल कृषि कॉलेज में स्टूडेंट थे। उनकी कविताओं की भाषा और इमेजरी बहुत नई और मुख़्तलिफ़ थी। इसीलिए उस पर चर्चा भी अधिक होती थी। चर्चा के दौरान जब मेरे चेहरे से उन्हें मेरी भूख की सूचना मिलती थी, तो सारे विवादों को भुलाकर, मुझे अपने होस्टल ले जाते और भरपेट खाना खिलाते थे। फ़िराक़ साहब का शेर है—

इश्क़ दुनिया से बेख़बर है मगर,
पेट की बात जान लेता है।

नरेश सक्सेना उस वक़्त नए-नए शब्दों से गीत सजाते थे। इन्हें धर्मवीर भारती के 'धर्मयुग' में छपवाते थे, और जब वे कई हल्के रंगों में छपकर आते तो खुश होकर बाँसुरी बजाते थे या बात-बात पर ठहाके लगाते थे। एन. जी. बोडस तब नाग बोडस नहीं बने थे। वह कुछ न कुछ लिखते जरूर थे, लेकिन उसे सुनाने से शरमाते थे। अलबत्ता उनकी फ्रेंचकट दाढ़ी से यह अंदाज़ा जरूर होता था कि वह काफ़ी अध्ययनशील हैं। अंग्रेजी साहित्य और अंग्रेज़ी के माध्यम से जर्मन और फ्रेंच साहित्य में वह गहरे उतरे हुए थे। ओम प्रभाकर दिन में 'अज्ञेय के कथा साहित्य' पर शोध कार्य में व्यस्त रहते और जब रात आती थी, तो उनकी नृत्य साधना जाग जाती थी। इनकी दुकान में कुछ ऐसे भी पात्र थे, जो सिर्फ पढ़ते थे और साहित्य चर्चाओं में रचनाकारों से लड़ते थे। लेकिन ये लड़ाइयाँ जो अंदर शोर मचाती थीं, बाहर आते ही शांत हो जाती थीं और सड़क से गुजरने वाले शिकार मिल-बाँट कर खाती थीं। इस धमा-चौकड़ी में एक कैरेक्टर का नाम तो कुछ और था, लेकिन सब उसे धुर के नाम से पुकारते थे। बाद में जब वह मज़ाहिया शायर बना, तो इसी नाम का उसने अपना तख़ल्लुस (उपनाम) बना लिया। उसके दो शेर यूँ हैं—

न मुफ़लिसी से न महँगाइयों से डरते हैं
हम अपने शहर के दंगाइयों से डरते हैं।

बढ़ी है जब से बदन में शुगर की बीमारी
हम अपनी बस्ती के हलवाइयों से डरते हैं।

धुर पेशे से किसी स्थानीय मिल में मज़दूर था, लेकिन साहित्य संगम में उसका महत्त्व इसलिए था कि वह सारे बेरोज़गारों में अकेला रोज़गार वाला था। वह हर शाम, अपनी पारी पूरी करके इधर आता था। यहाँ आने से पहले, चंद सिक्के जेब में खुले छोड़कर, नोटों को पाजामे के नेफ़े में उड़स लेता था। एक दिन उसके खुले पैसे खर्च करके उसकी तलाशी ली गई और नेफ़े में उड़से हुए नोट निकाले गए। उसने थोड़ी देर हाथ-पैर चलाए। जब मजबूर हो गया, तो हँसते हुए बोला ये नोट जो तुम्हारे हाथ में हैं, तुम्हारी रात को रंगीन करेंगे, लेकिन मेरे परिवार को दूसरी पगार मिलने तक हफ़्ते-भर ग़मगीन करेंगे। उस रात को सारे दोस्तों ने उसके नोटों से शराब पी, लेकिन न जाने क्यों जैसा नशा होता था, वैसा नहीं हुआ। नशा दुरुस्त करने के लिए बाद में चंदा करके उसके नोट वापस किए। नोट वापस लेकर, धुर होंठों से हँस रहा था, लेकिन उसकी आँखें भीगी हुई थीं। कैफ़ी आज़मी का शेर है–

जिस तरह हँस रहा हूँ, मैं पी-पी के अश्के ग़म,
ऐसे कोई हँसे तो कलेजा निकल पड़े।

मेरे ग्वालियर छोड़ने से पहले, साहित्य संगम के मालिक ने दुकान को बेचकर फिर से घर-घर दूध पहुँचाना शुरू कर दिया था, लेकिन नगर के सांस्कृतिक इतिहास में, जो इसकी जगह थी वह आज भी रौशन है।

एक थे नरेश कुमार शाद

एक थे नरेश कुमार शाद। अच्छे शायर और कई पुस्तकों के लेखक। उनसे कई बार मिला, लेकिन जब जहाँ मिला, वो कभी पूरे नहीं मिले। आधे, दो तिहाई या एक चौथाई ही मिले। वो जितने बाहर होते थे, उससे कहीं ज़्यादा शराब में छिपे होते थे। मोटर या स्कूटर की मानिंद उनके जिस्म का इंजन भी बग़ैर शराब के स्टार्ट नहीं होता था। कभी-कभी का क़िस्सा शराब, अब उनकी शख़्सियत का ज़रूरी हिस्सा थी। शराब ने उन्हें शोहरत भी बहुत दी और मुसीबत भी बहुत दी। शोहरत इस तरह कि साहित्यिक गप-शप में उनका नाम भी अख़्तर शीरानी, मीराजी, जिगर, मुरादाबादी या मजाज़ लखनवी की बेहोशियों के सिलसिले में किया जाता था। मुसीबत के अंतर्गत—उनकी हड्डियों के कई फ्रेक्चर्स, फ़ालिज, दूसरी बीमारियाँ, हाथापाई और कई मुलाज़िमतों से अलहदगियाँ आती थीं। वो जब तक ज़िंदा रहे किसी न किसी ख़बर के साथ रहे। अदब से ज़्यादा उनकी शख़्सियत का अफ़साना मशहूर हुआ।

ज़हानत, विरासत या क़ुदरत की देन होती है, लेकिन उसको सजाने-बनाने के लिए जिस मेहनत और फ़ुरसत की ज़रूरत होती है उसकी मोहलत नरेश कुमार शाद ने अपने आप को नहीं दी। इसका उन्हें ख़ुद भी अहसास था। उन्होंने अपनी जीवनी में लिखा है—'शाद का ज़िक्र उसकी शराबनोशी के बग़ैर मुकम्मल नहीं होता है। मैं तो यहाँ तक कहूँगा, उसकी बर्बादी की सारी ज़िम्मेदारी शराब

पर है। पहले वो कभी-कभी के शौक़ की तरह पिया करता था, लेकिन अब तो यह लानत रात दिन की मुसीबत बन गई है।'

घेर ले ग़म अगर ज़माने का
ढूँढ़ रस्ता शराब-ख़ाने का।

शाद, विभाजन से पहले के पंजाब में पैदा हुए। शायरी के साथ शराब भी उनको विरासत में मिली। आदमी ज़हीन थे। घर का माहौल अदबी था। उनके पिता शराबकार थे और ग़ज़लकार भी। नरेश कुमार, अपनी सारी उलझनों का ज़िम्मेदार अपने उपनाम 'शाद' को ठहराते थे, और इसी को कोसते हुए निरंतर पिए जाते थे—

होश में शाद जब तुझे पाया
हमने तुझमें तेरी कमी पाई।

शाद, दो-चार साल के फ़र्क़ के बाद साहिर, मजरूह, कैफ़ी आज़मी के समकालीनों में थे मगर इन समकालीनों की तरह उन पर किसी आंदोलन के डिसिप्लीन का दबाव नहीं था। शाद, मुशायरों के भी अच्छे शायर थे। ठेठ करारी पंजाबी आवाज़ और हाथ-पाँव चलाने के अंदाज़ के साथ बीच-बीच में जुमले-बाज़ियाँ और फुलझड़ियाँ भी उनकी मंचीयता में शामिल होती थीं। वो खुद तमाशा बनकर श्रोताओं को तमाशा बनाते थे। श्रोता उनकी इन नशीली अदाओं पर तालियाँ बजाते थे। वो शेर सुनाते नहीं थे उसे दिखाते भी थे। उनके पढ़ने के बाद मुशायरे की फ़िज़ा कुछ ऐसी हो जाती थी कि उसमें फिर सिवा हास्य-व्यंग्य की शायरी के किसी गंभीर शायर का काव्य-पाठ कठिन हो जाता था।

एक मुशायरे में शाद को जिस होटल में ठहराया गया था उसमें उनके साथ झांसी के एक शायर 'ताबाँ' भी थे। दोनों हम-मिज़ाज और हम-प्याला थे। दोनों मुशायरों में अपनी सफलता के नशे में मस्त थे। इस नशे को और गहरा करने के लिए दोनों रात को देर तक जाम खनखनाते रहे और खुद को जगाते रहे। जब सुबह हुई तो लोगों ने देखा शाद कमरे में थे और ताबाँ झांसवी होटल के ज़ीने

के पास सिमटे हुए पड़े थे। दोनों इस तब्दीली पर अपनी-अपनी सुना रहे थे–

ताबाँ–'...हुआ यूँ कि मैं अपने बिस्तर पर सो रहा था। अचानक आँख खुली तो देखा शाद छुरी-काँटा लिए मुझ पर हमला कर रहा था। मैं हड़बड़ाकर खड़ा हो गया और जिन कपड़ों में था वैसा ही बाहर निकल आया।...बड़ा ख़तरनाक आदमी है साहब...वो देश के विभाजन का बदला मुझसे लेना चाहता था। भला बतलाई...बँटवारे का ज़िम्मेदार मैं कैसे हो सकता हूँ...? मैं अब उसके साथ कभी एक कमरे में नहीं ठहरूँगा।'

शाद–'मैं आराम से सो रहा था। ताबाँ सोते में ग़ैर-शायराना ख़र्राटों से मेरी नींद खराब कर रहा था। मेरे टोकने पर वो उठ के बाहर चला गया। मगर अकेला नहीं गया, मेरी बोतल भी साथ में ले गया। दरवाज़ा बाहर से बंद था। वो बाहर पीता रहा और मैं अंदर तरसता रहा। मैंने तय किया है आइंदा उसके साथ कभी नहीं ठहरूँगा।' दोनों ने थोड़ी देर पहले जो फ़ैसला किया था वो नहा-धोकर भूल चुके थे और साथ-साथ पी रहे थे।

शाद, अकेले नहीं थे। वो एक भरे-पूरे घर के आदमी थे। उनके घर में एक बूढ़ी माँ, बीवी और बच्चे थे। घर की बढ़ती ज़िम्मेदारियों ने आख़िरी दिनों में उन्हें शराब से दूर भी कर दिया था। मगर इस दूरी ने उनकी क़लम को प्यासा कर दिया। शराब को उन्होंने अचानक छोड़ने की कोशिश की थी। सो, वे एक साथ कई बीमारियों का शिकार हो गए थे। इन बीमारियों से लड़ने के लिए उन्होंने दवाइयों की जगह शराब का सहारा लिया और फिर से पहले जैसे हो गए।

शाद, एक रूमानी मिज़ाज के इंसान थे। उनके मिज़ाज और ज़माने के अंदाज़ में समझौता संभव नहीं था। उनका एक मुक्तक है–

शबनमी पैरहन में रह-रहकर, यूँ तिरा रूप मुस्कुराता है,
जैसे जमुना की नर्म लहरों में, चाँद का अक्स झिलमिलाता है।

शबनमी-वस्त्रों में मुस्कुराता ये रूप एक बार नशे में दिल्ली

में जमुना किनारे ले गया। इस रूप का पीछा करने में वो नदी की लहर में उतर गए और तेज़-रफ़्तार लहरों ने, हमेशा के लिए उनकी बे-सुकून आत्मा को पुर-सुकून कर दिया।

यूँ आए वह रात ढले
जैसे जल में ज्योत जले।

एक थे शमीम फ़रहत....

मैं कौन हूँ, मेरा बाप कौन था? ये प्रश्न ग्वालियर के एक मुहल्ले में तीस-पैंतीस साल पहले सुने थे। इन सवालों का संबोधन अधेड़ उम्र की एक महिला फ़ातिमा ज़ुबैर से था। वो एक स्थानीय गर्ल्स हाई स्कूल में टीचर थीं, इन सवालों को पूछने वाला एक नौजवान शायर था शमीम फ़रहत।

फ़ातिमा ज़ुबैर जिनको सब फ़ातिका आपा कहते थे, उस शायर की माँ थीं। इस महिला की तीसरी नस्ल पीछे ग़ालिब के समकालीन मोमिन ख़ाँ मोमिन का नाम था। वह आज़ाद मिज़ाज। और उस समय ग्वालियर के अदबी समाज की एक सक्रिय शख़्सियत थीं। खुद तो शायरी नहीं करती थीं, लेकिन उनका साहित्यिक शौक़ और अध्ययन ऐसा था कि शहर के छोटे-बड़े उनकी आलोचना और प्रशंसा को सनद का दर्जा देते थे। वो उस समय दो जवान बेटियों और दो बेटों की माँ थीं। ये दोनों बेटे शायर थे। बड़े का नाम निसार परवेज़ था और छोटे का शमीम फ़रहत था। बड़ी-बड़ी आँखों, लंबे क़द और घुंघराले बालों वाला ये शायर जहाँ जाता था, लोगों की तवज्जो का केंद्र बन जाता था। उन दिनों एक बड़ी खूबसूरत लड़की से उसके इश्क़ के चर्चे भी लोगों की ज़बान पर थे।

फ़ातिमा आपा, ज़ुबैर एहमद नाम के एक शख़्स की बेग़म थीं, लेकिन वह मशहूर शायर जाँनिसार अख़्तर की दोस्ती से ज़्यादा पहचानी जाती थीं। इस रिश्ते का ज़िक्र सफ़िया अख़्तर के उन ख़तों

में महफ़ूज़ है, जो उन्होंने शादी से पहले अपने होने वाले पति जाँनिसार अख़्तर को लिखे थे। इन ख़तों को जाँनिसार ने बाद में हर्फ़-आशना और ज़ेरे-लब के नाम से दो खंडों में छपवाया थ। पत्रों के इन संकलनों में केंद्रीय किरदार तो शादी से पहले की सफ़िया और जाँनिसार ही थे, लेकिन इनके इर्द-गिर्द जो दूसरे छोटे-बड़े पात्र हैं, उनमें फ़ातिमा आपा भी शमिल हैं। इन पुस्तकों को ज़्यादा दिलचस्प बनाने के लिए इनमें भूमिका भी फ़ातिमा आपा से लिखवाई गई थी।

ज़ुबैर साहब सीधे-सादे आदमी थे। घर, बच्चों और नौकरी तक उनकी दुनिया सीमित थी। पत्नी के अदबी शौक़ और महफ़िल आराई और जाँनिसार से उनके रिश्ते की रुसवाई ने जब घर के सुख को बेसुकून कर दिया, तो वो एक दिन खामोशी से गायब हो गए। बहुत तलाश किया मगर कहीं सुराग़ नहीं मिला। काफ़ी अरसा गुज़र जाने के बाद जब फ़ातिमा आपा जवान से बूढ़ी हो चुकी थीं, लड़के जवान होकर शायर बन चुके थे। एक दिन अचानक ज़ाहिर हुए बीमार हालत में और क़ुछ दिन अपनी बड़ी बेटी के साथ रहकर अपनी नाराज़गी के साथ हमेशा के लिए दोबारा ग़ायब हो गए—

जाने वालों से राब्ता रखना
दोस्तो रस्मे-फ़ातिहा रखना

शमीम के बड़े भाई निसार परवेज़ अपनी चाल-ढाल और रूप-रंग से जवानी के दिनों के जाँनिसार दिखाई देते थे, वही आधी सोई आधी जागी आँखें वही दरमियानी क़द और बिखरे-बिखरे बाल। शेर सुनाते वक़्त भी उन पर अख़्तर साहब का धोखा होता था, उन्हें देखकर अमृता प्रीतम की एक किताब 'रसीदी टिकिट' की याद आ जाती थी। अमृता जी ने अपनी जीवनी में लिखा है....जब उनके बेटे ने उनसे पूछा कि उसका चेहरा साहिर से क्यों मिलता है, क्या वही...! जवाब में उन्होंने कहा नहीं, यह सच नहीं है, तुम्हारा चेहरा साहिर से शायद इसलिए मिलता है कि जब तुम मेरे पेट में थे तब साहिर मेरे दिमाग़ में रहता था। जबकि शमीम फ़रहत तो निसार परवेज़ की तरह अख़्तर से नहीं मिलते थे, उनका चेहरा माँ पर गया

था। जाँनिसार से उनका रिश्ता पसंद-नापसंद की कशमकश का शिकार था। वो दिन में जाँनिसार और उनकी शायरी के प्रशंसक होते थे, लेकिन सूरज डूबते ही वो दिन में जिसे पसंद करते थे उसी को प्रश्नों का निशाना बनाते थे और अपनी माँ को बढ़ती उम्र में रुलाते थे। यह ड्रामा वो हफ़्ते में दो-तीन बार जरूर करते थे। उनका मक़सद माँ को सताना होता था, अपनी वलदियत का पता लगाना होता था–

तुम्हारी याद की ठंडक भिगो रही थी अभी
नदी के पास कहीं शाम हो रही थी अभी
वो ज़िंदगी जिसे समझा था क़हक़हा सबने
हमारे पास खड़ी थी तो रो रही थी अभी

रोती हुई ज़िंदगी को बहलाने के लिए उन्होंने शराब का सहारा लिया। फ़ातिमा आपा के रहने तक थोड़ी बहुत पाबंदी थी, उनके बाद चाँद-सूरज का अंतर खत्म हो चुका था। ग्वालियर आने से पहले वह जावरा में अपनी बड़ी बहन के साथ थे, वहीं से उन्होंने बी. ए. किया।

शमीम के शेर पढ़ने का अंदाज़ काफी पुरअसर था। जिस सभा में होते उसमें छा जाते थे। फ़ातिमा आपा के देहांत के बाद उन्हीं के स्कूल में टीचर हो गए थे, अकेले रहते थे, स्कूल के चंद घंटों के बाद बाकी का सारा वक़्त इसी शौक़ में गुज़रता था। शहर से दूर एक पहाड़ी पर मकान बनवा लिया था, उसी में महफ़िल सजाते थे। यार-दोस्तों में पीते-पिलाते थे और इस तरह कभी शेर लिखकर कभी स्वयं को भुलाकर समय बिताते थे।

माँ के देहांत से पहले इलाज के लिए उन्हें मुंबई लाए थे। मुंबई में उनसे मुलाक़ात हुई, तो लड़ता-झगड़ता, चीख़ता-चिल्लाता, माँ से हर रात सवाल पूछकर उन्हें सताने वाला शमीम आँसुओं का वृक्ष बन गया था। हल्का-सा झोंका लगने से भी बरसना शुरू कर देता था। उसे माँ से बेहद प्यार था...वो उन्हें खोना नहीं चाहता था, सुबह से शाम तक माँ के पलंग से लगा रहता था।

जन्म का वर्ष 1934 था। जीवन के 51 साल पूरे करके 1985 में 19 अगस्त की एक रात अकेले घर में थोड़ी-सी किताबों, थोड़ी-सी खाली-भरी बोतलों, थोड़ी-सी बीड़ियों और सिगरेटों के बीच मरे हुए पाए गए।

उनके इंतक़ाल के बाद उनके एक दोस्त ने अपनी याद्दाश्त और घर में मिले कुछ कागज़ के टुकड़ों और दीवारों पर लिखे शेरों से उनका एक संकलन देवनागरी में 'दिनभर की धूप' के नाम से छापा...

उन्होंने अपने बारे में खुद कहा था–

वो आदमी है रंग का, खुशबू का, धूप का
कैसे मुक़ाबला करे दिन भर की धूप का

शमीम फ़रहत एक ज़हीन शायर थे लेकिन उनकी ज़हानत को उन्हीं की मनोवैज्ञानिक पेचीदगियों ने पनपने नहीं दिया।

एक थे...ख़ुमार बाराबंकवी

एक थे ख़ुमार बाराबंकवी। मज़ाक़-मज़ाक़ में उस दिन उनकी शेरवानी के दो बटन शहीद हो गए। इसका मुझे अफसोस है।

हुआ यूँ उदयपुर में मुशायरा था। मैं होटल में पत्रकारों से बातचीत में व्यस्त था, एक लंबा-चौड़ा शख़्स पुलिस वर्दी में दाख़िल हुआ और मुझसे निहायत बेतकल्लुफी से तू-तकार के लहजे में बात करने लगा।

क्यों भई कैसा है तू—अच्छा हुआ तू आ गया। मुझे ख़ामोश देखकर बोला, लगता है मुझे पहचाना नहीं तूने। अबे, आँखें खोल के ज़रा ग़ौर से देख, मैं तेरे वालिद का दोस्त हूँ। वह बहुत याद आता है। डरपोक था, दंगों से डर के पाकिस्तान चल दिया। ख़ैर. ..मेरा नाम अहमद जमाल है। पुलिस कमिश्नर अहमद जमाल। मैंने तुझे नंगा घूमते देखा है, समझा...

अहमद जमाल की तू-तकार का अंदाज़ मुझे अच्छा नहीं लगा, मगर मैं अपने स्वर्गीय वालिद का हवाला सुन कर ख़ामोश था। मैं अपने गुस्से को छुपाना भी चाहता था और पत्रकारों के सामने अपनी इज्ज़त भी बचाना चाहता था। उसी दौरान मैंने खिड़की से देखा, ख़ुमार साहब की टैक्सी होटल ग्राउंड में दाख़िल हो रही है। मुझे अचानक एक चाल सूझी। मैंने जमाल से कहा—अच्छा हुआ आप आ गए। बात बहुत गंभीर है जनाब। इस वक़्त स्टेशन पर ख़ुमार साहब को आपकी जरूरत है। अभी फोन आया था कि वह नशे

में थे। पुलिस ने उन्हें लॉकअप में डाल दिया है।

यह सुनते ही वह भड़क उठे। 'बदतमीज़ हैं ये पुलिस वाले। मैं अभी उनको छुड़ाकर लाता हूँ।' वह ज़ीने की पहली मंज़िल तक पहुँचे कि उन्हें खुमार ऊपर आते नज़र आ गए। जमाल ने पूछा, 'पुलिस लॉकअप में कोई बदतमीज़ी तो नहीं हुई।' जमाल, खुमार को पहचानते थे, लेकिन खुमार उन्हें नहीं जानते थे। खुमार ने अपना चश्मा दुरुस्त करते हुए पूछा, 'कौन-से लॉकअप की बात कर रहे हैं जनाब, मुझे खुमार बाराबंकवी कहते हैं।'

'मैं जानता हूँ। मैं उसी रेलवे थाने की बात कर रहा हूँ, जहाँ कुछ देर पहले आप थे। अच्छा हुआ, जो आप छूट गए। मैं आप ही को छुड़वाने जा रहा था।' खुमार, जमाल की बात सुनकर सीढ़ी पर ही संदूक रखकर खड़े हो तेज़ी से बोले, 'मुझे लगता है, आपको दिमाग़ के इलाज की जरूरत है।' खुमार के व्यंग्य से वह झल्ला गया और तेज़ बातें बोलीं। खुमार को भी गुस्सा आ गया। उन्होंने अपना विशेष गालियों का स्टॉक उन पर बरसाना शुरू कर दिया। कमिश्नर साहब ने अब तक दूसरों को गालियाँ दी थीं, खुद खाई नहीं थीं और वो भी ख़ालिस बाराबंकवी। देखते ही देखते हाथापाई शुरू हो गई और इस मुठभेड़ में जमाल के सामने का एक दाँत टूट गया और बेचारे खुमार साहब की शेरवानी के दो बटन शहीद हो गए। इस तरकीब से जमाल की तू-तकार तो मुशायरे तक बंद हो गई, लेकिन इससे खुमार साहब को जो परेशानी हुई, उसके लिए मैं शर्मिंदा था।

मोहम्मद हैदर ख़ाँ खुमार सितंबर 1919 में बाराबंकी में पैदा हुए। उर्दू, फ़ारसी की मलतबी तालीम के बाद अंग्रेजी स्कूल में प्रवेश लिया। बाद में कॉलेज भी गए, लेकिन अभी इंटर में ही थे कि एक बुर्क़ापोश ने कहीं से आकर इस तरह नक़ाब उठाई और इस अदा से वो बिजली आँखों में लहराई कि कई दिनों तक किताब नज़र नहीं आई। इस रूमानी हादसे ने ज़िंदगी को कॉलेज की पढ़ाई से दूर करके आशनाई के हवाले कर दिया। उन्हीं की जुबानी सुनिए—

लबों पर तबस्सुम निगाहों में मस्ती,
अदाओं के झुरमुट में वो आ रहे हैं
नज़र लड़ गई है जो मेरी नज़र से
पसीने-पसीने हुए जा रहे हैं।

उनकी इस पहली मुहब्बत का अंजाम भी वही हुआ, जो आमतौर पर होता है। इश्क़ में दीवानगी से ज्यादा अहमियत लड़की के माँ-बाप की नज़रों में आर्थिक सुरक्षा ही होती है। शायर के पास सिर्फ शायरी थी और महबूब के वालदेन को बेटी के भविष्य से वाबस्तगी थी।

एक बार दुबई में होटल कासाब्लांका में खुमार साहब और मैं एक ही कमरे में थे। दरवाज़े की घंटी बजी, और एक बुजुर्ग महिला, लगभग खुमार की उम्र की, एक बड़ा-सा गुलदस्ता लिए अंदर दाखिल हुईं। खुमार चश्मा पहन कर उन्हें पहचानने की कोशिश कर रहे थे। वो बड़ी बी बोल पड़ीं, मैं जानती थीं आप मुझे नहीं पहचानेंगे, याद दिलाना पड़ेगा। और फिर वह दिलाने लगीं। अच्छा ये बताओ जिस मुक्तक की अंतिम पंक्ति है.... *पसीने-पसीने हुए जा रहे हैं,* वह किसके बारे में थी। सुनते ही खुमार साहब बैठे से खड़े हो गए और हैरत से उन्हें देखने लगे, और इसके बाद पचास-पचपन साल पहले का बाराबंकी, वहाँ की गलियाँ, कॉलेज, जवानी की ताक-झाँक, दूर-दूर की मुलाक़ातें सब चंद लमहों में कमरे में चारों तरफ बिखर गईं। वो मोहतरमा अपनी नवासी के साथ आई थीं। उनके जाने के बाद खुमार साहब आईने के सामने खुद से ही बोल रहे थे। 'लानत है, पचास साल से जो यादें अज़ीज़ थीं, वो ऐसी नाचीज़ थीं,' फिर मेरी तरफ मुड़कर कहने लगे—मियाँ, इश्क़ महबूबा से नहीं, उसके ख़्याल से होना चाहिए। महबूबाएँ वक़्त के साथ कुछ की कुछ हो जाती हैं लेकिन उनकी यादें हमेशा हसीन होकर शेर कहलवाती हैं। जिगर मुरादाबादी ने कहा था—

आए ज़ुबाँ पे राज़े मुहब्बत मुहाल है
तुमसे मुझे अज़ीज़ तुम्हारा ख़याल है।

खुमार मुशायरे के कामयाब शायर रहे। मुशायरों की इतनी लंबी यात्रा उनके किसी समकालीन को नसीब नहीं हुई। उनकी कई ग़ज़लों को हिंदोपाक के मशहूर गायकों ने गाया है। उनके लिखे फिल्मी गानों ने उनके नाम को कोने-कोने तक पहुँचाया। उम्र के ग़मो-खुशी की हिस्सेदारी पूरी कर 1988 से बाराबंकी के एक क़ब्रिस्तान में अपने शहर की तहज़ीब के निशान हैं।

...एक थे अनवर साबरी

एक थे अनवर साबरी। अल्लाह बख़्शे वह बड़ी ख़ूबियों के इंसान थे। लंबे-चौड़े डीलडौल के आदमी। एक बार फ़िराक़ ने उन्हें देखकर बीच मुशायरे में कहा, 'भई कमाल है, हमारे देवता गणेश ने इस बार मुसलमान के घर अवतार लिया है।'

इसी डीलडौल के साथ अनवर साबरी एक बार अलीगढ़ की एक सड़क से अपने नौजवान प्रशंसकों के साथ गुज़र रहे थे। अचानक एक छोटी-सी क़ब्र देखकर रुक गए और उस मज़ार की तरफ रुख़ करके ज़ोर से पुकारे वअलैयकुम अस्सलाम। उन्हें इस तरह सलाम करते देखकर एक लड़के ने उनसे पूछा, 'मौलाना, आपने किसको सलाम पहुँचाया?'

अनवर साबरी ने जवाब दिया—'उन बुज़ुर्ग को, जो इस क़ब्र में आराम फ़रमा रहे हैं। रूह रूह को पहचानती है। इन्होंने (क़ब्र की तरफ इशारा करते हुए) मेरी आहट से मुझे पहचाना और सलाम किया, मैंने सलाम का जवाब देकर उनका एहतिराम किया।'

लड़के ने हैरान आँखों से अनवर साहब को देखते हुए पूछा, 'वह तो दुरुस्त है जनाब! मगर यह बताइए इस क़ब्र में जो बुज़ुर्ग हैं, उनकी ज़ुबान आपने कैसे समझ ली?'

क्या मतलब! साबरी ने चौंकते हुए सवाल किया। लड़का मुस्कुराते हुए बोला—'मतलब यह है कि जिनको आपने सलाम किया है, उनकी भाषा भी अपनी बिरादरी वालों की तरह भौं-भौं थी।' तुम

कहना क्या चाहते हो साहिबज़ादे?

लड़के ने बताया, 'जनाब, यह क़ब्र एक अंग्रेज़ आर्मी अफसर के अलसेशियन कुत्ते की है।'

'कोई बात नहीं साहिबज़ादे शक्लें अलग-अलग होती हैं, लेकिन पैदा करने वाला सबका एक है। कुत्ता, इंसान, मछली, दरख़्त सब उसी की रचनाएँ हैं।' अनवर साहब ने जवाब देकर फिर से सिगरेट सुलगाई और आगे बढ़ लिए।

साबरी जिस्म से अफ़ग़ानी (बुश के हमले के पहले के) साँवले रंग के एतिबार से हिंदुस्तानी, मोटी खद्दर के ढीले घुटनों से नीचे लबादानुमा कुर्ते से अरब के ऊँट वाले रेगिस्तानी और चेहरे पर झूलती दाढ़ी से उमर ख़य्याम के ज़माने के ईरानी लगते थे। एक में शामिल यह कई अनवर साबरी जब मुशायरे में आते थे, तो सबसे अलग नज़र आते थे। आवाज़ में खनक और सुर दोनों थे। तरन्नुम से शेर सुनाते थे, मगर कलाम सुनाने से पहले छोटी-सी तक़रीर ज़रूर फरमाते थे। इन तक़रीरों में जो भी बड़ा नेता होता, उससे आजादी की लड़ाई में अपने जेल जाने का रिश्ता जरूर लगाते थे और इस तरह तालियाँ बजवाते थे। ऐसी ही तक़रीर सुनकर एक बार लाल क़िले के मुशायरे में पंडित नेहरू ने मुस्कुराते हुए कहा था, 'मौलाना यह तो सही है, हम-आप दोनों जेल में थे, लेकिन मेरा कुसूर आज़ादी था और आप...?' पंडित जी के अधूरे जुमले का श्रोताओं ने भरपूर मज़ा लिया। अनवर साबरी शायर कम थे, परफ़ार्मर ज़्यादा थे। बड़े हाज़िरजवाब थे। मज़ाल है कोई जुमला आए और ख़ाली जाए। एक मुशायरे में किसी मनचले ने आवाज़ लगाई, 'मौलाना इतनी लंबी दाढ़ी क्यों बढ़ाई?' फौरन माइक से उनकी आवाज़ आई–

मेरे चेहरे पे तू दाढ़ी के इज़ाफ़े पे न जा,
ख़त के मज़मून को पढ़ ख़त के लिफ़ाफ़े पे न जा।

साबरी के कई संग्रह प्रकाशित हुए। उनमें एक संकलन वह भी था, जो 'अंग्रेज राज' के नाम से छपा। उसमें अंग्रेज़ों के खिलाफ नज़्में थीं, जो उन दिनों जब्त कर लिया गया। उसका एक शेर भी

सुन लीजिए–

जिस इंक़िलाब में मज़दूर कामयाब नहीं
वह इंक़िलाब कभी मेरा इंक़िलाब नहीं।

उनकी इस किस्म की शायरी में देश का प्यार ज़्यादा था, शायरी का मेअयार कम था। अनवर साबरी सिर्फ देखने की हद तक ही मौलवियाना थे। वैसे तबीयत से वह शायराना थे। अनवर साबरी बाग़ोबहार क़िस्म के आदमी थे। जिस महफ़िल में होते थे जाने-महफ़िल होते थे। वह जिस मुशायरे में होते थे, उसमें एक साथ दो मुशायरे चलते थे। एक मुशायरा वह होता था, जिसमें शायार माइक से श्रोताओं को कलाम सुनाता और दूसरा वह, जिसे स्टेज के किसी कोने में बैठे अनवर साहब सुनाते थे। अपने इस मुशायरे में, जो लगातार चलता रहता था, वह हर शायर पर काव्यात्मक व्यंग्य करते रहते थे। अपने ज़माने के मशहूर शायर बिस्मिल अपनी पाटदार आवाज़ में ग़ज़ल का मतला (पहला शेर) सुना रहे थे और अनवर साहब उस पर तंज़ फ़रमा रहे थे। बिस्मिल का शेर था–

ये नहीं साज़ की आवाज़ की महफ़िल की ग़ज़ल
नामे क़ातिल से है मन्सूब ये बिस्मिल की ग़ज़ल।

इस पर साबरी फरमा रहे थे–

न यह तन्हाई का नग़मा है, न महफ़िल की ग़ज़ल
सिर्फ़ आवाज़ ही आवाज़ है, बिस्मिल की ग़ज़ल।

अनवर साबरी ज़िंदगी के 84 साल पूरे करके देवबंद के एक क़ब्रिस्तान में आराम फ़रमा रहे हैं। उनके साथ माज़ी (भूतकाल) के मुशायरों की कामयाबियाँ उनकी तहज़ीब और हिंदुस्तान की सेक्युलर रिवायतों की सियासत भी आराम कर रही है।

...एक थे कृष्ण अदीब

एक थे कृष्ण अदीब। ऊनी कपड़ों वाले लुधियाना के मस्तमौला शायर। लुधियाना पंजाब में था। और सारा पंजाब उन दिनों क़त्ल-खून के जुनून में। लुधियाना में ट्रेन मुँह अँधेरे पहुँच गई थी। वहाँ के हालात ने जो क़ानून बनाया था उसके अनुसार सारे मुसाफ़िरों को रौशनी होने तक स्टेशन में ही रुकना था। दूसरे मुसाफ़िरों की तरह मैं भी वेटिंग रूम में एक कुर्सी में सूर्योदय का इंतज़ार कर रहा था। सफ़र की थकान ने आँखों में नींद भर दी। अख़बारों की ख़बरें हथियार बंद दहशत-गर्द बनकर नींद में घूम रही थीं। अचानक एक ज़ोर का धमाक़ा हुआ। नींद टूटी तो मालूम हुआ, जिसे मैं धमाका समझा था, वो मेरे कंधे को छूता हुआ हाथ था। वो हाथ एक इकहरे बदन, चेहरे पर धँसी हुई आँखों और गर्म सूट वाले इंसान का था। ठेठ पंजाबी आवाज़ में उसने पूछा—'तुम निदा फ़ाज़ली हो?' उसने मेरे मुँह से 'जी हाँ' सुनते ही कहा—'निदा फ़ाज़ली हो तो यहाँ क्यों बैठे हो? चलो मेरे साथ। मुझे मालूम था, आज के मुशायरे के लिए तुम इसी गाड़ी में आ रहे हो!' मैं ख़ामोशी से उसके पीछे हो लिया। गेट पर रेल्वेज़ के अधिकारियों ने रोका तो बड़े नाराज़ लहजे में उनसे कहा—'हुज़ूर शायद आपको मालूम नहीं कि ये शहर साहिर लुधियानवी और शिव बटालवी की नज़्मों और कविताओं का शहर है। ये इलाका कवियों और लेखकों का परस्तार है। इस इलाक़े पर वारिस शाह की हीर का निखार है।' उसकी इस छोटी-सी तक़रीर से प्रभावित होकर अफ़सर गेट से हट गए। बाहर

निकलते ही उसने टैक्सी ली और कई छोटे-बड़े अँधेरे रास्तों से गुज़र कर मैं सही सलामत एक होटल में पहुँच गया। होटल पहुँचते ही उसने कहा—'यार, तुम्हारे सूरज को निकलने में अभी दो घंटे की देर है और मेरा सूरज कभी का उदय हो चुका है। इसलिए मुझे झट से सौ रुपए दो अँधेरे में सूर्य देवता को बाहर निकालने के लिए....। मैं पहले खुद को शराब पिलाऊँगा फिर जागते जिस्म को थोड़ा सुलाऊँगा, उसके बाद अपनी ग़ज़ल सुनाने और तुम्हारा कलाम सुनने मुशायरे में आऊँगा. ..।' उसकी बेतकल्लुफी मुझे पसंद आई।

कृष्ण अदीब से यह मेरी पहली मुलाक़ात थी। इसके बाद लुधियाना में ही उससे और मुलाक़ातें हुईं। उससे आख़िरी मुलाक़ात भी लुधियाना में ही हुई। इस अंतिम मुलाक़ात में वो पहले जैसा नहीं था। गालों में गड्ढे पड़ चुके थे, आँखों पर चश्मा लग चुका था और कमर झुक चुकी थी। वो अपनी उम्र से कहीं ज़्यादा बूढ़ा नज़र आ रहा था। मैंने उसके आते ही पहले की तरह पैसे देना चाहे, तो वो बोला कि 'मैंने शराब छोड़ दी...।' उसके इनकार करने पर मैंने कहा—'यार कृष्ण अदीब ...जब तेरे शरीर में शराब के बिगाड़ने को फेफड़े थे, दिल था, आवाज़ थी, बीनाई थी...तब तो तू पीता रहा, अब तो इनमें से कुछ नहीं रहा, अब शराब क्या बिगाड़ लेगी, जो इसे छोड़ रहा है।' मेरे व्यंग्य पर उसने एक ज़ोर का क़हक़हा लगाया। इस क़हक़हे में हँसी कम थी आँसू ज़्यादा थे। उसका शेर है—

सरफिरी पागल हवा का तेज़ झोंका आएगा
हसरतों के खुश्क पत्तों को उड़ा ले जाएगा।

पंजाब के तीन मशहूर शायर थे—नरेश कुमार शाद, प्रेम बारबरटनी और कृष्ण अदीब। प्रेम, मलेरकोटला की नवाबी इमारतों और गलियों को अपनी मदहोशी का अफ़साना सुनाते-सुनाते खुद अफ़साना हो गए। शाद नशे में अपनी ही परछाईं से बातें करते हुए जमना नदी के हवाले हो गए। कृष्ण अदीब इन दोनों से सख़्त जान थे। वो 62 साल तक ज़िंदगी को ढोते रहे।

अदीब की शायरी की शुरुआत सन् 50 में हुई। इस शुरुआत को उसने एक रूमानी घटना से जोड़ा है। जवानी की इस घटना के बाद इस यात्रा के और भी पड़ाव थे। इन रूमानी घटनाओं की सूची का आख़िरी नाम मोना था। मोना पत्नी बनकर उसके जीवन में उस समय आई जब आदमी लंबी यात्रा की थकान के बाद किसी साये की तलाश करता है। श्रीमती अदीब ने कई घटनाओं से टूटे-फूटे पति को अपनी नर्सिंग महारत से जोड़-जड़ा दुरुस्त तो कर दिया, लेकिन इमारत में मरममत देर से हुई थी, लिहाज़ा जल्द ही कभी पलस्तर उखड़ा, कभी नक़्शा बिगड़ा और फिर एक दिन पूरी इमारत हरहराकर ढह गई।

अदीब उन शायरों में था, जो देश के विभाजन को नहीं मानते थे। वो उर्दू के हवाले से दोनों मुल्कों में एक साथ रहता था। उनका शरीर हिंदुस्तान में था, लेकिन आत्मा फ़ैज़ और क़तील शिफ़ाई के पाकिस्तान में थी। विभाजन को न मनाने की ज़िद ने एक बार उसे नशे में अमृतसर क्रास करके सरहद पर पहुँचा दिया था। जब सरहद के सिपाहियों ने रोकना चाहा, तो वो चिल्लाने लगा—'आप बकवास करते हैं, यह विभाजन झूठा है। फ़ैज़ और साहिर की शायरी नहीं बँट सकती, कृष्ण चंदर और नदीम क़ासमी के नाम को राजनीति नहीं बाँट सकती, बाबा नानक और बाबा फ़रीद हमारी साँझी विरासत है।'

कृष्ण अदीब की बातें फ़ौजियों की समझ में नहीं आईं वो उसे जेल में बंद कराना चाहते थे। इतने में एक सरदार फ़ौजी अफ़सर की नज़र अदीब पर पड़ी। वो उसे जानता था। उसने अदीब को सिपाहियों से छुड़ाया और सरहद पार के कप्तान को फोन मिलाया। उसने वायरलेस पर कहा कि 'उर्दू का एक शायर है कृष्ण अदीब, इस समय हमारे पास है, वो हमारे मुल्कों के बीच सरहद को नहीं मानता। बिना पासपार्ट के आपके देश में आना चाहता है। क्या उसे आपकी तरफ आने दें।' सरहद पार के फ़ौजी ने हँसते हुए कहा—'बात तो आपका शायर सही कहता है जी, लेकिन सियासत किसी हक़ीक़त को नहीं मानती। आप उन्हें भारत के ही शायर सरदार

जाफ़री की पंक्ति– *'मैं इस सरहद पर कब से मुंतज़िर हूँ, सुबहे-फ़र्दा** *का'* सुना कर वापस उसके घर भेज दीजिए।'

कृष्ण अदीब का शेर है–

जब भी आती है तेरी याद कभी शाम के बाद
और बढ़ जाती है अफ़सुर्दा-दिली शाम के बाद।

* आनेवाले कल

तरक़्क़ी पसंद ग़ज़ल की आवाज़
मजरूह सुल्तानपुरी

एक थे मजरूह सुल्तानपुरी। फिल्मों के मशहूर गीतकार, अदब के प्रगतिशील ग़ज़लकार, फ़िराक़, यगाना और जिगर मुरादाबादी के बाद ग़ज़ल विधा का सिंघार। शक्लो सूरत से क़ाबिले दीदार, तरन्नुम से श्रोताओं के दिलदार, बुढापे तक चेहरे की जगमगाहट, पान से लाल होठों की मुस्कराहट और आँखों की गुनगुनाहट की बदौलत दूर से पहचाने जाते थे। बंबई आने से पहले यूपी के एक छोटे-से इलाके में, एक छोटा-सा यूनानी दवाख़ाना चलाते थे। उसी से अपनी और घर वालों की रोटी चलाते थे। एक स्थानीय मुशायरे में जिगर साहब ने उन्हें सुना और अपने साथ बंबई के एक बड़े मुशायरे में ले आए... सुंदर आवाज़, ग़ज़ल में उम्र के लिहाज से जवान अल्फ़ाज़, बदन पर सजी लखनवी शेरवानी के अदांज़ ने स्टेज पर वह जादू जगाया कि पर्दा-नशीनों ने नक़ाबों को उठा दिया। जवानों ने महफ़िल को पुरशोर बना दिया और बुजुर्गों ने जवान शायर के लिए दुआओं का आसमान सजा दिया। इस मुशायरे में अपने ज़माने के मशहूर निर्माता-निर्देशक ए. आर. कारदार भी थे। वह फिल्म 'शारदा' से अपनी कामयाबी का डंका बजा चुके थे और नई फिल्म 'शाहजहाँ' का ऐलान फ़रमा चुके थे। मजरूह ने तरन्नुम में जैसे ही ग़ज़ल छेड़ी—

मुझे सहल हो गईं मंज़िलें, वो हवा के रुख़ भी बदल गए
तिरा हाथ, हाथ में आ गया कि चिराग़ राह में जल गए।

तो मुशायरे की ख़ामोशी की हो पुरशोर नहीं किया, कारदार साहब को भी अपना परस्तार (प्रशंसक) बना लिया। उन्होंने मुशायरे में ही उन्हें सुल्तानपुर के हकीम से फिल्म शाहजहाँ का नग़मानिगार बना दिया। फिल्म रिलीज़ हुई तो मजरूह के लिखे गीत हर तरफ छा गए। इसके एक गीत– *'ग़म दिए मुस्तक़िल/कितना नाज़ुक था दिल/ये न जाना/हाय-हाय रे ज़ालिम ज़माना'* ने उनके फिल्मी सफ़र को आसान बनाया। लंबी गीत यात्रा के लिए मजरूह को दादा साहेब फाल्के अवार्ड से भी नवाज़ा गया। अवार्ड मिलने पर अपने इंटरव्यू में उन्होंने कहा था कि गीतकारी का पुरस्कार मुझे दिया गया है, लेकिन मेरी असली पहचान ग़ज़लकार की है। उस पर मुझे पुरस्कृत किया जाता, तो ज़्यादा खुशी होती। यह बात उनके दर्द को ज़ाहिर जरूर करती है, लेकिन यह हक़ीक़त है कि गीतकारी की व्यस्तता ने उन्हें उम्र के किसी हिस्से में इतनी फ़ुरसत नहीं दी कि वह ग़ज़ल पर ध्यान दे सकें। वह बनना कुछ चाहते थे, बन गए कुछ और। जगजीत सिंह ने मेरा एक गीत गाया है–

जीवन क्या है चलता-फिरता एक खिलौना है
दो आँखों में एक से हँसना, एक से रोना है।

मजरूह साहब का एक ही ग़ज़ल संग्रह है। 'ग़ज़ल' नाम से प्रकाशित इस पुस्तक में वे रचनाएँ भी शामिल हैं, जो उन्होंने कम्युनिस्ट पार्टी के जलसों के लिए लिखी थीं, और जो उन दिनों काफी लोकप्रिय भी थीं। जैसे *अमेरिका का दास है नेहरू, मार ले साथी जाने न पाए या बन सँवर के निकलेगा हुस्न कारख़ाने से।* लेकिन इस किस्म की काव्य पत्रकारिता मजरूह की पहचान नहीं थी। इन शब्दों की ईमानदारी ने उन्हें जेल की हवा भी खिलवाई। इन्हीं के साथ मजरूह के संग्रह में कुछ ऐसे शेर भी दिखाई दे जाते हैं, जो आधी सदी गुज़र जाने के बाद भी पुराने नहीं हो पाए हैं। ये आज भी अच्छी शायरी के मेयार पर पूरे उतरते हैं। मजरूह के कई शेर आज मुहावरे बन चुके हैं, जिनका इस्तेमाल आम बोलचाल में किया जाता है–

मैं अकेला ही चला था जानिबे मंज़िल मगर
लोग साथ आते गए और कारवाँ बनता गया

हम हैं मता ए कूचा ओ बाज़ार की तरह
उठती है हर निगाह ख़रीदार की तरह।

इस संग्रह में ग़ज़लों की तादाद कम होने की वजह से ऐसे शेरों की संख्या भी कम है।

मजरूह को ग़ज़ल से प्यार था, लेकिन इस प्यार और ग़ज़लकार के दरमियान गीतों का कारोबार भी था। इस कारोबार में वक़्त ज़्यादा खर्च होता है। गीत लिखने में दस-बीस मिनट ही लगते हैं, मगर गीत हासिल करने में महीनों लग जाते हैं। संगीत निर्देशकों से रिश्ते बनाए जाते हैं, उनकी महफ़िलों में जाम टकराए जाते हैं। वे घर में बुलाए जाते हैं, उन्हें तरह-तरह के खाने खिलाए जाते हैं, उनकी मूर्खताओं पर ठहाके लगाए जाते हैं तब जाके गीत हाथ आते हैं। मजरूह साहब का भी ज़्यादातर वक़्त इसी किस्म का मेलजोल बढ़ाने में गुज़रा। इसका उन्हें दुख भी था। यह दुख कभी गुस्से में भी तब्दील हो जाता था, जिसका निशाना अक्सर फ़ैज़ अहमद फ़ैज़ होते थे। यूँ तो फ़ैज़ सारे प्रगतिशील शायरों का कॉम्प्लेक्स थे, मगर मजरूह को हमेशा यह शिकायत रही कि ग़ज़ल में सबसे पहले प्रगतिशीलता उन्होंने शामिल की पर आलोचना में नाम फ़ैज़ अहमद फ़ैज़ का लिया जाता है। इस शिकायत का इज़हार वह आम गुफ़्तगू में भी किया करते थे और जब फ़ुरसत होती, तो पत्रिकाओं में लिख कर भी करते थे। एक बार फ़ैज़ साहब बंबई आए थे। उनके सम्मान में जावेद अख़्तर ने अपने घर में महफ़िल सजाई। उसमें सरदार जाफ़री, कैफ़ी आज़मी, मुईन अहसन जज़्बी, मजरूह, राही मासूम रज़ा आदि बहुत से शायर शरीक थे। इनमें सब अलग-अलग कोनों में फ़ैज़ ही को विषय बना रहे थे। फ़ैज़ घूमते हुए सारी बातें सुन रहे थे और खामोशी से सिगरेट के कश लगा रहे थे। जब उन्हें शेर सुनाने के लिए बुलाया गया, तो उन्होंने ठेठ पंजाबी लहजे में अपने समकालीनों की तरफ इशारा करते हुए कहा, भाई मजरूह हम से अच्छे हैं तथा और भी हम से बेहतर हैं। दुकानें तो सब ने एक साथ लगाई थीं, अब इसमें हमारा क्या कुसूर, किसी की दुकान चल निकली, किसी की नहीं चली। बात निशाने पर लग गई थी। मजरूह ने इसमें अपनी हतक जानी और महफ़िल छोड़ कर चले गए।

मजरूह ने कम ज़रूर कहा, लेकिन इस कम में उनके यहाँ अच्छा ज़्यादा है। वह कोशिश के बावजूद ज़्यादा नहीं लिख पाए। फिल्मी गीतों के अलावा इसका एक कारण और भी है। उनकी घर की भाषा पूरबी थी और वह लिखते थे उस उर्दू में जो ईरानी फ़ारसी से बोझल थी। घर की भाषा में लिखे गीत जैसे 'मैं जो होती राजा बेला चमेलिया' या 'इन्हीं लोगों ने ले लीना' निहायत कामयाब हुए, लेकिन उनका फ़ारसीज़दा डिक्शन उनकी ग़ज़ल का दूर तक साथ नहीं दे पाया और वह वक़्त से पहले ख़ामोश हो गए। चलती-फिरती ज़िंदगी की भाषा से उन्होंने फिल्मी गीत तो बनाया, इससे अपनी ग़ज़ल में हुनर नहीं जगाया।

कारोबारी दुनिया में उनके एकमात्र दुश्मन साहिर लुधियानवी थे। मजरूह साहब साहिर को मोहमिल (अज्ञानी) कहते थे और जाँनिसार को जो उन दिनों साहिर के साथ ज़्यादा रहते थे, ताबे-मोहमिल (अज्ञानी का ख़िदमतगार) के ख़िताब से याद करते थे। साहिर फिल्मी दुनिया के निहायत लोकप्रिय गीतकार समझे जाते थे। फिल्मों के बाहर मुशायरों में भी उनकी मक़बूलियत का जादू छाया हुआ था। हर मुशायरे में वह उस वक़्त तक अपनी कार में बैठे नशा करते रहते थे, जब तक मजरूह का नाम नहीं पुकारा जाता। जैसे ही मजरूह अपनी ग़ज़ल शुरू करते, साहिर झूमते हुए मुशायरे के अंदर दाख़िल होते। साहिर को देखते ही सारे श्रोता मजरूह की ग़ज़ल को छोड़कर साहिर की तरफ मुड़ जाते। मजरूह लाल-पीले होकर खामोश हो जाते और जब साहिर की आमद का शोर थम जाता तो ग़ज़ल शुरू करते।

मजरूह तरक़्क़ीपसंद ग़ज़ल की नई और मेयारी आवाज़ का नाम है। उनकी ग़ज़ल ने समाज और उसकी समस्याओं से जुड़ कर इस विधा को नया रूप-रंग दिया है–

हम के जुनूँ क्या सिखलाते हो, हम थे परेशाँ
तुम से ज़्यादा/चाक किए हैं हमने अज़ीज़ो,
चार गरेबाँ तुम से ज़्यादा।

एक थे मुकुट बिहारी सरोज

मिर्ज़ा ग़ालिब एक बार 1857 में पकड़े गए, आख़िरी मुग़ल सम्राट बहादुरशाह जफ़र क़ैद होकर रंगून जा चुके थे। ग़ालिब बादशाह के उस्ताद थे। जब बादशाह अपराधी बने तो उनके उस्ताद भी नज़र में आए और एक दिन दिल्ली में गली क़ासमजान वाले किराए के मकान में अँग्रेज़ अहलकार बिना इजाज़त घुस आए और मिर्ज़ा ग़ालिब से पूछताछ करने लगे—

तुम्हारा नाम?

मिर्ज़ा असदुल्लाह ख़ाँ ग़ालिब।

सुना है तुम बादशाह का उस्ताद था?

जी हाँ था!

तुम्हारा मज़हब?

ग़ालिब ने सोचते हुए कहा...मैं आधा मुसलमान हूँ।

ग़ालिब के जवाब से अँग्रेज़ अफ़सर ने चौंकते हुए पूछा—ये आधा मुसलमान क्या होता है?

मैं शराब पीता हूँ, सूअर नहीं खाता...!

मुकुट बिहारी सरोज ग़ालिब के देहांत (1869) के लगभग एक सौ पैंतीस साल बाद इस संसार में आए थे। इसीलिए ग़ालिब ने आधा मुसलमान होने की हिम्मत दिखाई थी और सरोज जी ने पूरा इंसान बनने का जोख़िम उठाया था। उन्होंने अपने लिए जो धर्म तजवीज़ किया था उसका नाम इंसानियत था, जिसमें थोड़ा-थोड़ा हर धर्म शामिल

था। वो दिवाली में दीप जलाते थे, ईद में सिवैयां खाते थे, क्रिसमस में क्राइस्ट के गीत सुनाते थे और जब अंबेडकर का जन्मदिन आता था तो गौतम का दर्शन दोहराते थे।

परिवर्तन संसार में बड़ा यथार्थ है परंतु इससे भी बड़ा यथार्थ यह है कि परिवर्तन भी परिवर्तित होता है।

सरोज जी अपने आप को मुसलसल बदलते रहे। ग़ालिब ने अपने एक शेर में आदमी और इंसान के अंतर को दर्शाया था–

बसकि दुश्वार है हर काम का आसाँ होना
आदमी को भी मयस्सर नहीं इंसाँ होना।

आदमी से इंसान बनने की यात्रा में उन्हें कई मुश्किलों से गुज़रना पड़ा है। रोटी-पानी की तलाश में छोटे हाथरस से बड़े-से ग्वालियर आए...और यहाँ आकर किसी साइकिल की दुकान में पंक्चर जोड़ने का काम किया, किसी स्कूल में चपरासी बने, कभी खुले आसमान के नीचे रहे, कभी मीलों पैदल चले और फिर हिंदी में एम. ए. करके एक स्थानीय स्कूल में टीचर हो गए...!

किसी ने एक महफ़िल में उनकी शेरवानी और चौड़े पांयचों का पाजामा देख कर कहा आप तो हिंदू निकले, मैं तो आपको मुसलमान समझता था। सरोज जी ने मुस्कुराते हुए कहा, पता नहीं आपने ऐसा क्यों समझ लिया, मेरी पत्नी तो मुझे अब तक वही समझती है जैसा मैं हूँ।

एक दफ़ा विक्टोरिया कॉलेज की सीढ़ियाँ उतर रहे थे, उनके लिबास को देखकर एक मनचले स्टूडेंट ने जुमला कसा–'हुजूर जहाँगीर, आप दरबार से निकलकर यहाँ कैसे चले आए।'

सरोज जी ने व्यंग्य में तरंग भरते हुए कहा–'मलिका नूरजहाँ की तलाश में।' इत्तिफ़ाक़ की बात थी, उस लड़के के साथ जो लड़की थी, उसका नाम भी नूरजहाँ था।

एक दिन बहुत उदास और ख़ामोश-ख़ामोश थे। मैंने कारण पूछा तो कहने लगे, तुम्हारे घर वाले सांप्रदायिक दंगों से तंग आकर

पाकिस्तान चले गए। तुम अकेले यहाँ रह गए। बिना घर के, बिना रोटी-पानी के....मैंने पूछा—'लेकिन आपकी उदासी का इससे क्या संबंध?' जवाब में बोले—'इसलिए कि मैं पैदाइश से हिंदू हूँ और तुम्हारी परेशानी का कारण भी मेरे देश का हिंदुत्व है।' इसके बाद मैं जब तक ग्वालियर रहा, वो पाबंदी से कहीं से पकड़कर मुझे घर ले जाते रहे और खाना खिलाते रहे...!

तम ज़रूरत से ज़्यादा अब दिखाई दे रहा है
अब मुझे सूरज उगाना ही पड़ेगा...
धर्म भरे दरबार में नंगा नचाया जा रहा है
अब मुझे तांडव सिखाना ही पड़ेगा...।

सरोज जी का काव्य और उसकी भाषा उनके निरंतर संघर्षों की देन है। उनके लिए जीवन वही न था जिसे हम जीते चले आ रहे हैं। उनके गीतों में उस जीवन की चमक-दमक नज़र आती है जो हम जीना चाहते हैं।

उन दिनों, मेरी मदद के लिए वह मुझे कवि सम्मेलनों में ले जाते थे और आयोजकों से लड़-झगड़ कर मेरा पारिश्रमिक बढ़वाते थे। एक कवि सम्मेलन में, शायद कोटा में मं उनके साथ था, किसी कवि ने कविता पाठ करते हुए मुझे देखकर कहा, निदा सुनो! सरोज जी अपनी तरंग में झूमते हुए मेरे पास बैठे थे। कवि के संबोधन के जवाब में वहीं से ऊँची आवाज़ में बोले...नहीं...नहीं सुनेगा निदा, मेरे प्रांत का है, मेरे नगर का है, मेरे साथ है और समझदार भी है...नहीं सुनेगा। सरोज जी की ऊँची नाटकीय आवाज़, कवि की कविता से ज़्यादा दाद बटोरने लगी और वह कवि बेचारा जमते-जमते उखड़ गया। उसके बाद जब स्वयं पढ़ने के लिए बुलाए गए तो बार-बार एक ही पंक्ति दोहरा रहे थे। *ऐसे-ऐसे लोग रह गए...हर बार* पंक्ति उसी कवि की तरफ़ मुँह करके पढ़ रहे थे। सोम ठाकुर ने जब उनसे कहा सरोज जी आगे तो सुनाइए। तो वह उसी करारी नशीली आवाज़ में बोले...क्यों सुनाऊँ इन्होंने (उसी कवि की ओर इशारा करते हुए) सुना कर क्या कर लिया। इस जुमले से कवि

सम्मेलन फिर रो क़हक़हा-ज़ार बन गया। पूरा गीत उन्होंने बीच-बीच में वाक्य तराश और केवल एक ही कवि को निशाना बनाकर सुनाया और सारे कवि सम्मेलन को अपनी जेब में रख कर वापस आ गए।

ऐसे-ऐसे लोग रह गए
बने अगर तो पथ के रोड़ा!
करके कोई ऐब न छोड़ा
असली चेहरे चीख़ न पाएँ
इस कारण हर दर्पण तोड़ा
वे आचार किए अस्वीकृत
जिनके लिए विचार कह गए...

सरोज जी को मैंने कई बार देखा है। हर बार वह थोड़ा-थोड़ा बदलते नज़र आए...लेकिन उनके संस्कार, उनके विचार और जनवादी दृष्टिकोण पर उनके ऐतबार में कोई तब्दीली नहीं आई। ग्वालियर की नई पीढ़ी की सोच को दुरस्त करने में उनके गीतों का बड़ा रोल रहा है।

●●●